붉은 커튼

붉은 커튼

초판 1쇄 인쇄일 2023년 02월 22일
초판 1쇄 발행일 2023년 03월 15일

지은이 김주동
펴낸이 양옥매
디자인 표지혜 박예은
교정교열 인'사이시옷

펴낸곳 도서출판 책과나무
출판등록 제2012-000376
주소 서울특별시 마포구 방울내로 79 이노빌딩 302호
대표전화 02.372.1537 팩스 02.372.1538
이메일 booknamu2007@naver.com
홈페이지 www.booknamu.com
ISBN 979-11-6752-271-9(03800)

한국추리문학선 16

붉은 커튼

김주동 장편 소설

책나무

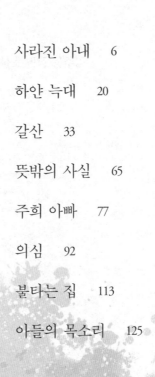

차례

사라진 아내

지호야.

어둠 속에서 아들을 불렀다.

지호는 사고가 난 차에 쓰러져 있었다. 누군가 지호를 붙잡았고 그가 지호의 목을 졸랐다. 지호가 그의 억센 손아귀에 몸부림쳤다. 살려달라는 울먹임을 그는 묵살했다. 지호는 그를 밀치고 뛰었다. 지호는 죽을힘을 다해 도로를 달렸다. 내 쪽으로 달려왔다가 다시 멀어졌다. 지호가 거친 숨을 뱉으며 모습을 드러냈다. 달려오는 차를 향해 지호가 달려간다.

"아, 안 돼!"

나는 번쩍 눈을 떴다.

아들 지호는 석 달 전 교통사고를 당했다. 뺑소니였다. 시골에 사는 외할머니 집에 갔다 생긴 일이었다. 아들을 친 차는 감쪽같이 사라졌다. 범인은 지호를 인근 밭에 유기했다. 시골 도로라 CCTV도 목격자도 없었다. 경찰 조사는 지지부진했다.

어디선가 물 흐르는 소리가 들린다. 그 소리에 섞여 흐느끼는 소리도 들려왔다. 가만히 누워 잘못 들었나, 귀를 기울였다. 옆을 더듬었다. 아내가 없다. 비어있는 아내의 자리를 보다가 또다시 들려오는 흐느낌 소리에 몸을 일으켰다.

욕실 안으로 들어서기가 망설여졌다. 조심스레 손잡이를 돌렸다. 문이 열렸고, 아내의 모습이 보였다. 아내는 욕조 위에 걸터앉아 있었다. 금방이라도 욕조 안으로 쓰러질 듯 아내는 위태롭게 보였다.

"무슨 일이야?"

내가 물었다.

"구할 수 있었어."

"뭐?"

"지호를."

"무슨 말이야?"

"지호가 불타고 있었어."

"지호가?"

두려워하는 얼굴로 아내가 고개를 끄덕였다.

"꿈꿨어?"

"불타고 있었어."

대꾸할 말이 없었다.

"구할 수 있었는데……."

아내가 애타게 말했다.

"지호는 살아 있었던 거야."

"무슨 소리야?"

"지호는 살아 있었는데, 우리가 너무 급하게 화장해 버린 거야."

안타까운 눈으로 아내를 바라보았다.

"살려달라고 지호가 몸부림쳤어. 왜 그런 일 있잖아. 관 속에서 눈을 뜬 사람. 지호가 그랬던 거야."

나는 그저 아내를 바라봤다.

"지호는 살아 있었는데……."

"죽었어, 지호는."

무서운 눈으로 아내가 앙칼지게 말했다.

"당신이 이러는 거 다 알아."

"무슨 말이야?"

"진작 알고 있었어. 당신한테 딴 여자가 있다는 거."

"뜬금없이 뭔 소리야?"

아내는 입을 꽉 다물었다.

"무슨 말이냐니까?"

"변명 따위 하지 마. 당신은 지호도, 나도 다 귀찮았던 거지."

"아니야."

"아니라고?"

반문하던 아내가 멍하니 한곳을 응시하며 딴 사람처럼 중얼거렸다.

"미안해, 지호야."

마치 바로 앞에 지호가 있는 듯 아내가 거울 쪽을 바라봤다.

"지호 일은 그냥 사고야."

"아니."

"나영아. 지금 넌 너 자신을 괴롭히고 있는 거야."

"그따위 분석은 그만둬. 항상 이런 식이지. 딴 사람 마음을 전부 다 안다는 식으로."

"누구 잘못도 아니란 얘기야."

아내는 가당치도 않다는 듯 나를 노려봤다.

"지호를 불길 속에 버려뒀어. 지호가 없으면 당신하고 안

살아도 되니까."

나는 말문이 막혔다.

두꺼운 벽 하나가 우리 사이를 가로막고 있었다.

나는 짜증을 내며 집 밖으로 나와버렸다.

아내가 의심하는 여자는 같은 신문사 후배였다. 대학 후배기도 해서 밥도 사주고 일적으로 챙겨주곤 했다. 다른 누군가가 보면 오해를 할 수도 있었을 테지. 후배가 최근에 신문사를 그만두는 바람에 잘 만나지도 못했다. 나와 관련된 이상한 소문이 회사 내에 돌았다. 그것 때문에 후배가 회사를 그만둔 게 아닌가 싶어 신경이 쓰였다. 후배는 한사코 그런 건 아니라고 했다. 하지만 사직 문제에 대해 정확한 얘기는 하지 않았다.

아내가 나와 후배 사이를 부쩍 의심하게 된 건 지호가 저세상으로 가고 나서였다. 지호를 잃은 것에 대해 처음에는 자기 탓을 하던 아내가 나중에는 나를 원망했다. 지호에게 소홀하게 된 것도 모두 가정에 충실하지 못한 나 때문이라고. 머리가 복잡해진 아내는 지호까지 신경 쓸 여력이 없었고, 장모에게 지호를 맡겼다.

그 말다툼이 있고 나서 며칠 뒤였다. 아파트 엘리베이터에서 내려 현관문을 열고 집으로 들어섰다.

붉은 커튼

아내는 없었다.

집은 평소와 다를 바 없었다. 욕실 조명만 홀로 환하게 켜져 있었다. 아내가 방금 몇 초 전까지 있었던 것처럼 느껴졌다.

아내에게 전화를 걸었다.

아내의 폰은 꺼져 있었다.

자정이 되었을 무렵에도 아내의 폰은 꺼져 있었다. 아내에게 무슨 일이 일어났음을 나는 직감적으로 깨달았다. 아내에게 수차례 전화를 걸었지만 허사였다.

아내와 욕실에서 다퉜던 일이 생각났다. 그러고 보면 아내가 직접 후배 얘기를 꺼낸 건 그때가 처음이었다.

후배에게 전화를 걸었다.

신호가 흘러갈수록 괜히 전화한 건 아닌가 싶었다.

전화를 끊으려는데 후배가 전화를 받았다.

잘 지내냐는 말로 시작해 대수롭지 않은 대화를 이어갔다. 수연의 목소리는 별다른 일이 없다는, 잘 지내고 있다는 톤이다. 아내와 관련된 흔적 같은 것이 느껴지지 않았다. 전화를 끊으려는데 그녀가 뜻밖의 제안을 했다.

"만날래요?"

"응."

얼떨결에 대꾸했다.

수연과 약속한 카페로 향했다.

카페는 수연이 사는 고층 아파트 상가에 위치해 있었다.

구석 자리에 앉아 있던 수연이 일어났다. 집에서 바로 내려왔는지 편안한 운동복 차림이었다.

나는 맞은편에 앉았다.

"잘 지냈어?"

"그렇죠. 백수의 삶이란 게."

그녀가 피식 웃었다. 보조개가 옅게 패였다.

"무슨 일 있어요?"

나는 고개를 흔들다 후배를 보았다.

"웬일로 전화를 다했네. 선배, 내 전화 피하는 줄 알았는데."

"무슨."

나는 강하게 부인했다.

그녀가 또 피식 웃으며 가만히 나를 봤다. 농담을 진담처럼 받아들인다고 여긴 모양이다. 매사 진지하다고 내게 투덜대곤 했으니까.

"아무 일도 없는데 전화한 건 아닐 테고. 솔직하게 털어놔 봐요."

"아내하고 연락이 안 돼."

놀란 얼굴로 그녀가 나를 보았다.

"무슨 일 있었어요?"

"좀 다퉜어."

후배가 눈길로 그 이유를 물었다.

싸운 이유가 너 때문이라는 말은 하지 않았다. 생각해봐도 어처구니없는 일이었으니까.

"사실 선배한테 전화하려다 말았어요."

"왜?"

"언니를 만났거든요. 얼마 전에."

"뭐?"

"날 찾아왔더라고. 선배하고 무슨 사이냐고."

"그래서?"

"물론 아무 사이도 아니라고 했죠. 믿는 눈치는 아니었지만 그래도 안심하는 눈치였어요. 근데, 것보다 중요한 건 다른 거였어."

"뭔데?"

"언닌 무척 외로워했어. 말할 사람이 필요했던 거죠. 그게 나였던 거예요. 따지고 보면 언니도 나한테는 선배잖아요. 과만 다르지. 그래서 그런가, 곧 친해졌어요. 나한테 많은 얘기를 하더라구. 지호 얘기도 했고, 학교 제자 얘기도 했고. 아쉽게도 선배 얘긴 없었지만."

"제자?"

"무척 아끼는 제자라던데. 지호처럼 갑자기 헤어지게 됐다고."

처음 듣는 얘기다.

"그 제자, 이름은 얘기 안 했어?"

"했어요. 뭐라더라……,"

기억을 더듬은 끝에 그녀가 이름 하나를 댔다.

"주희? 주희라고 했어요."

그날 오후, 아내가 근무한 고등학교를 찾았다.

교무실로 향했다. 출입문을 열자 정수기에서 물을 받던 자그마한 중년의 여자가 내 쪽으로 고개를 돌렸다.

나는 그 여자와 복도 계단으로 나왔다.

머리를 단정히 묶은 자그마한 체구의 여자가 나를 보았다. 수심에 잠긴 얼굴은 보는 이를 공연히 불안하게 하는 그런 얼굴이었다. 그러니까 무슨 생각을 하는지 속내를 짐작하기 힘든 얼굴이었다.

"나영이는 좀 어때요?"

여자가 조심스레 물었다.

아내는 지호가 사고를 당하고 나서 휴직을 한 상태였다.

아내가 사라졌다는 말은 꺼내지 않았다.

괜찮다는 뜻으로 나는 고개만 끄덕였다.

여자는 무슨 용건으로 왔는지 물었다.

"혹시 주희라는 학생 아십니까?"

여선생이 긍정의 답을 내놨다.

"예. 알죠. 특히 나영이하고 잘 지냈어요."

여자가 의문을 표했다.

"근데 주희에 대해선 왜 물으시죠?"

"실은 나영이가 사라졌습니다."

"사라져요?"

내가 고개를 끄덕였다.

"전부터 나영이가 뭔가에 관심을 가지고 있었어요."

"뭔데요? 그게?"

그녀가 대답했다.

"죽은 지호에 대해서요."

"지호요?"

그녀가 고개를 끄덕였다.

"그 애가 얘기했다고 했으니까."

"그 애라뇨?"

"주희요."

도통 알 수 없는 소리다.

"그런 소문이 있었어요. 주희가 죽은 사람을 본다고."

나는 순간 황당한 표정으로 그녀를 보았다.

"나영이 얘기론 죽은 지호가 무슨 얘길 했대요. 주희 입을 통해서요."

"무슨 얘길요?"

성급한 질문에 그녀가 놀란 듯 나를 바라봤다.

"지호가 나영이랑 선생님한테 어떤 얘길 했대요."

"어떤 얘기요?"

"그건 저도 잘⋯⋯."

여자가 내 눈치를 살폈다.

"어떻게 생각하실지 모르지만 나영이는 이걸 진지하게 받아들였어요."

"그럼 왜 나영이는 저한테 이런 얘길 하지 않았는데요?"

따지는 듯한 질문에 여자가 당황해했다.

취재하는 듯한 말투가 나도 모르게 나온 것이다.

사실 그 답은 이미 내가 알고 있었다. 설령 아내가 그 말을 했더라도 나는 아내의 말을 믿지 않았을 것이다. 또 싸움으로 번지고 말았겠지.

"주희는 예사 애가 아니었어요. 죽은 사람의 생전 일을 정확하게 맞춘 적도 있었으니까. 물론 단 한 번도 본 적 없는 사람이었죠."

진지한 표정으로 봐서는 이 여자도 주희에 관한 소문을 믿는 눈치였다.

"말도 안 된다고 생각하시겠죠. 근데 나영이는 믿었어요."

"아내가 그런 걸 믿다니."

"그렇게라도 지호를 만나고 싶었던 거죠."

"아무리 그래도……."

"나영이한테 지호는 살아있었어요. 단 한 번도 죽은 적이 없었어요."

한숨이 절로 나왔다.

"주희란 학생 어딨습니까?"

"얼마 전에 자퇴했어요."

"자퇴요?"

여자가 고개를 끄덕였다.

"어디로 갔는데요?"

"고향에 간다고 했어요."

"고향이요?"

"경북 시골, 어디더라. 아, 갈산이라고 들었어요."

"갈산?"

"예. 어쩌면 나영인 갈산에 갔을 수도 있어요. 주희를 만나러."

그러면서 여자가 폰을 뒤적였다. 폰에 담긴 단체 사진에서 소녀 하나를 가리켰다. 단발머리에 키가 작은 정감 가는 소녀였다.

"그 사진, 제 폰으로 좀 보내주세요."

여자가 문자로 사진을 보냈다.

돌아서던 그녀가 뭔가 생각났다는 듯 찜찜한 얼굴로 덧붙였다.

"지호 사고 있기 전 일인데, 나영이가 학교 앞에서 어떤 남자를 만나는 걸 본 적이 있어요. 심각하게 그 사람하고 무슨 얘길 하더라구요."

"그게 누군데요?"

"몰라요. 저도 처음 보는 사람이었는데. 근데 생김새는 똑똑히 기억해요. 백발이었으니까."

"백발?"

"예."

나는 차로 돌아와 운전석에 처박혔다.

아내는 줄곧 지호의 죽음을 받아들이지 못했다. 사라지기 얼마 전에는 한 아이를 따라갔다. 지호 또래의 아이였다. 아내는 그 아이의 뒷모습이 꼭 지호 같다고 했다. 내 눈에는 지호처럼 보이지 않았지만 지호 또래의 아이들은 아내에게 모두 지호였던 모양이다. 그러니 그 소녀가 죽은 지호를 봤다고 했을 때 아내의 기분은 어땠을까. 아내는 완전히 그 소녀에게 빠져들었을 것이다.

귀신 보는 소녀.

사진에서 본 그 소녀가 뇌리에서 쉽사리 떠나지 않았다.

백번 양보해서 그 얘기가 사실이라 치자.

그렇다면 죽은 지호가 나와 아내한테 무슨 얘길 남겼단 건가.

바지에 손을 넣는데 순간 뭔가가 집혔다.

메모지였다.

나는 메모지에 적힌 전화번호를 물끄러미 보았다.

하얀 늑대

///

아내가 사라지기 일주일 전이었다.

미래파에 관해 할 얘기가 있다는 남자가 있었다.

나는 몇 개월 전까지 미래파란 단체를 취재했었다.

미래파는 과학기술로 영생을 실현한다는 교리를 가진 종교 단체다. 육 개월 전에 교주 조성길이 독극물을 삼키고 자살했다. 미래파는 그렇게 해체되었다. 하지만 조성길을 추종하던 세력은 세상 어딘가에서 그 명맥을 이어가고 있었다.

남자는 내가 근무하는 신문사 사장의 딸 김정미와 함께 복도에 있었다. 김정미는 냉랭한 시선으로 억지 미소를 내게 지어 보였다. 김정미는 언제나 거만한 표정으로 상대를 깔보는 표정을 짓곤 했다. 인사를 하면 고개만 까닥하는 그런 스타일. 짧게 친 머리를 올백으로 넘겼는데 반질반질했다.

광대뼈가 튀어나온 마른 얼굴의 남자가 흘깃 나를 봤다.

내가 그 남자를 다시 보게 된 건 채 몇 분도 지나지 않아서였다. 화장실에서다. 흐르는 물에 손을 씻고 있는데 남자가 내 뒤에 서 있었다.

그가 메모지를 건넸다. 자기 번호가 적혀 있었다. 아들 지호의 교통사고. 고통스러워하는 아내에 대한 짤막한 언급과 함께.

나는 메모지를 챙길지 말지 고민하다 주머니에 쑤셔 넣었다.

그러고 나서 그 남자를 우리 아파트 앞에서 며칠 후 다시봤다. 아내와 만나고 있는 모습을. 나를 보던 아내의 당황해하는 눈길이 떠올랐다. 나를 본 남자는 그 길로 사라졌다. 무슨 얘길 했냐고 아내에게 물었지만 아내는 별 것 아니라고 대답했다. 그저 길을 물어본 사람이었다고.

신문사에 도착했다.

사무실에서 미래파를 취재한 기록들을 죽 살폈다. 미래파에 온갖 피해를 당한 피해자들이 보낸 메일과 투서들이 눈에 꽂혔다.

그 중 기억나는 피해자가 있었다. 피해자의 딸이라는 제

보자는 미래파에 나간 뒤부터 엄마가 환각 증상에 시달렸고, 결국 아파트에서 투신했다고 했다. 사건은 우울증에 따른 자살로 종결됐지만 그 딸은 미래파에서 준 환각제 때문이라고 주장했다.

조성길이 찍힌 사진들 중 한 장에서 그 남자를 찾을 수 있었다. 내게 메모지를 건넨 남자. 그리고 그 남자 옆에 서 있는 백발의 남자도.

짧게 친 백발에 뾰족한 두상의 남자. 백발의 남자는 미래파 안에서 '하얀 늑대'로 불렸다. 미래파 신자들 사이에서 돌고 있는 신종 환각제도 '하얀 늑대'로 불렸다. 그 약을 퍼뜨린 백발의 남자에게서 그 별칭이 생겨난 것이다.

백발의 남자가 아내의 학교 앞에 나타났다고 했다. 아내와 얘기를 나누던 백발의 남자. 그는 하얀 늑대가 아니었을까.

취재 중 하얀 늑대로 추정되는 남자에게서 협박 전화를 받은 적이 있었다. 편안하게 살려면 미래파에 대한 취재를 그만두라고. 나는 오기가 생겼다. 제보자들을 외면할 수 없었다.

아들 지호가 사고를 당하고 나서야 미래파에 대한 취재를 그만뒀다. 모든 게 무의미하게 느껴졌기에.

하지만 아내가 사라진 마당에 손 놓고 있을 순 없었다.

붉은 커튼

신자들 중 한 명에게 연락을 취했다.

내게 메모지를 건넸던 남자의 사진을 신자에게 전송했다.

사진을 받은 신자가 전화를 걸어왔다.

"유상호라고 미래파 뒤치다꺼리를 하던 인간 중 한 명이 네요. 하얀 늑대 밑에서 일했어요. 미래파를 탈퇴하려던 신자들을 협박하고 괴롭히고. 근데 최근에 사건이 하나 있었다카던데."

"무슨 사건요?"

"사람이 죽었다고."

"사람이 죽어요?"

"그거 때매 유상호가 회의를 느꼈는지 미래파에서 이탈하려 한다는 말이 돌았어요. 그러니 미래파에서 유상호를 가만히 놔두겠습니까?"

"그런 일이 있었군요. 고맙습니다."

나는 전화를 끊었다.

유상호는 미래파를 배신하려 한다. 그는 아내를 만났다. 아내가 사라진 것에 대해서 뭔가 알고 있지 않을까.

나는 메모지에 적힌 번호로 전화를 걸었다.

신호만 흘러갈 뿐 그는 받지 않았다.

체념하고 끊으려는데, 누군가 전화를 받았다.

화장실에서 들었던 바로 그 목소리.

유상호였다.

"아내가 사라졌어요."

목소리는 대꾸가 없다.

잠깐의 침묵 끝에 목소리가 말했다.

"자세한 얘기는 만나서 합시다."

나는 그와 약속 장소를 정하고 전화를 끊었다.

내가 다니는 교회 앞에서 보기로 했다.

나는 교회로 차를 몰았다.

삼십여 분 뒤 멀지 않은 곳에 아담한 교회가 보였다. 맞은편 인도에 유상호가 서 있었다. 나는 차창을 내렸다. 그가 나를 알아보는 것 같았다. 나는 좌회전해서 모퉁이 쪽에 정차했다.

차에서 내려 도로가로 나왔다.

유상호가 맞은편에서 신호등이 바뀌길 기다리고 있었다. 나는 그를 뚫어져라 쳐다봤다. 빨간불이 파란불로 바뀌었다. 그가 횡단보도를 건너왔다. 중간 정도 왔을 때 그의 표정이 굳어졌다. 뭔가 이상한 낌새에 내가 돌아봤다.

검정색 승용차 한 대가 코너를 돌아 도로를 지나고 있었다. 차의 외양뿐 아니라 번호판도 눈에 익었다. 사장 딸 김정미의 차다. 그 차에 정신이 팔린 사이 서 있던 자를 잠깐 알아보지 못했다. 하지만 곧 횡단보도 앞에 선 자에게 시선이 멎었다.

하얀 늑대다. 그가 두 손을 지긋이 모으고 나를 바라보고 있었다. 무표정한 얼굴로.

내가 유상호에게 시선을 돌렸다.

도로 중간에 서 있던 유상호가 물러섰다.

내가 다가온 백발을 막으려는데, 백발이 내 팔을 꺾고 정강이뼈를 걸어찼다. 나는 푹 주저앉았다.

백발이 도로를 건너 유상호를 뒤쫓기 시작했다.

내가 백발을 쫓아 달렸다.

도로를 건넌 나는 그들을 쫓았다.

코너를 돈 유상호가 약국 앞 왼쪽 골목으로 빠르게 꺾어 모습을 감췄다. 그 뒤를 쫓던 백발이 잽싸게 유상호가 사라진 골목으로 사라졌다.

길게 뻗은 골목에서 멈칫했다. 골목 끝에 유상호가 보였다. 골목으로 쫓는 걸 포기하고, 유상호가 뛰고 있는 방향으로 나도 달렸다. 시선을 가로막는 복권 가게를 지나 휴대폰 판매점을 지났다. 우측으로 시선을 돌렸다. 반대편 골목에서 도망치고 있는 유상호를 보았다. 그 뒤를 백발이 쫓고 있었다.

나는 달려오는 자전거를 피하며 백발 혹은 유상호 쪽으로 달렸다. 동물병원 창문으로 흰털 강아지가 연방 머리를 움직여댔다. 앞에서는 전동 킥보드가 빠르게 스쳐갔고, 유상호가 킥보드를 피해 사거리 끝에서 코너를 돌았다. 내가 그 코너를 막 지났을 무렵 무단 횡단하는 유상호를 발견했다. 그가 흘깃 도로 건너편으로 시선을 던졌다. 신호가 바뀌자 차들이 쌩쌩 달려오고 있었다. 도로를 건너지 못한 백발을 보고 유상호가 재빨리 발을 놀렸다. 나는 도로 맞은편에서 유상호와 같은 방향으로 뛰었다. 그가 지하철역 출입구로 사라졌다.

유상호를 쫓던 백발이 바로 역으로 내려갔다.

나도 지하철역으로 들어왔다.

역사 안에서 달려가는 유상호의 뒷모습이 보였다. 유상호는 몸을 웅크려 개찰구를 쏙 빠져나가 계단을 뛰어 내려갔다. 백발 역시 개찰구 밑으로 잽싸게 빠져나갔다. 나 역시 그들과 같이 나가려다 직원에게 딱 걸렸다. 나는 주머니 속에서 손에 집히는 돈을 내던지곤 계단으로 내달렸다.

사람들은 저마다 비슷한 모습으로 전동차를 기다리고 있었다. 그들 사이에서 백발이 보였다. 백발은 저 앞으로 뛰어가고 있었다. 그리고 그 앞에 유상호가 달려가고 있었다. 길이 끊겨 버린 그곳에서 유상호가 돌아섰다. 멈춰선 백발이 유상호에게 다가섰다. 백발 바로 뒤까지 쫓아온 내가 백발의 목덜미를 덮쳤다. 백발이 앞으로 쓰러졌다. 나는 백발의 어깨를 붙들었다. 나한테서 벗어나려던 백발이 주먹을 날렸다. 백발은 내 명치에 정확하게 주먹을 박아 넣었다. 눈앞이 어찔했다. 하지만 보람은 있었다. 내가 시간을 버는 동안 유상호가 다시 왔던 방향으로 달아났다.

"지금 설화명곡, 설화명곡 행 열차가 들어오고 있습니다."

사람들이 조금씩 철로 쪽으로 다가왔다. 백발이 다시금 유상호에게 달려갔다. 전동차가 달려와 멈췄다. 서서히 문이 열렸다. 문이 다 열리기도 전에 유상호가 전동차 안으로 뛰어들었다. 나 역시 전동차에 올랐다. 유상호가 탔던 칸으로 넘어갔다. 그러자 이번엔 유상호가 차에서 내렸다. 나도 따라 내렸다. 유상호가 다시 전동차로 들어왔다. 문이 닫히고 있었다. 백발이 반대쪽에서 다가오고 있었다. 문이 거의 닫히려 했다. 유상호가 잽싸게 차에서 내렸다. 백발이 훌쩍 그를 따라 내렸다. 따라 내리던 나는 문에 옷이 끼였다. 몸을 뒤틀어 빠져나왔다. 전동차는 출발해버렸다.

급히 일층으로 올라왔다. 백발도 유상호도 보이지 않았

다. 그들 중 한 명이라도 찾을까 싶어 고개를 휘둘러 봤다. 몇 초를 지체했다. 화장실이 눈에 들어왔다.

전신 거울에 비친 내 모습은 땀범벅이었다. 나는 물을 틀어 얼굴에 끼얹었다. 거울에 비친 제일 마지막 칸에서 누군가 나왔다. 유상호였다. 그의 볼은 피투성이였다. 그가 매서운 눈으로 나를 봤다. 내가 그의 모습에 얼이 빠져 있을 때, 같은 칸에서 백발이 뛰쳐나왔다. 백발 역시 피로 엉망이었다. 그의 머리는 흰색과 붉은색이 뒤섞여 묘한 느낌을 자아냈다. 유상호가 백발을 걸어 넘어뜨렸다.

나는 유상호를 쫓아 역 밖으로 나왔다.

"아내 어딨어?"

그는 대답하지 않았다.

단지 이 말을 했다.

"갈산에서 만나."

"거긴 왜?"

유상호의 시선이 출입구 계단으로 향했다.

백발이 계단으로 다급히 올라오고 있었다.

"만나서 얘기 해."

내 팔을 툭 친 유상호가 도로가로 달려갔다.

유상호는 도로로 뛰어들어 중앙선을 넘었다. 한 대의 차가 달려왔다. 김정미의 차였다. 유상호는 차를 피하려다 넘어졌다. 차가 급정거했다. 김정미가 그 차에서 내렸다. 김정미는 난처한 얼굴로 넘어진 유상호에게 괜찮냐고 물었다. 지나가던 사람들이 그들을 지켜봤다. 사람들 중에는 백발도 끼어 있었다. 유상호는 괜찮다는 식으로 두 팔을 세게 휘저으며 물러섰다. 다리를 가볍게 절뚝이며 유상호는 인도로 올라섰다. 그러고는 그가 한 건물로 들어갔다. 나는 그가 들어간 건물 간판을 보았다.

미래 통증의학과.

유상호에게 정신이 팔려있던 중에 깨달았다. 백발이 보이지 않는다는 것을.

내가 돌아섰다.

멀지 않은 곳에서 팔짱을 낀 백발이 김정미 옆에 서 있었다.

나는 유상호가 들어간 병원으로 들어왔다.

접수처에 앉아 있던 간호사가 나를 물끄러미 보았다.

주변을 두리번거리며 간호사에게 둘러댔다.

"어깨가 아파서요."

"처음 오시는 건가요?"

나는 고개를 끄덕이며 복도 쪽을 보았다.

간호사가 고개를 숙이고 뭔가를 끼적였다.

나는 복도 끝에 있는 쪽문을 바라봤다. 그 문으로 다가섰다. 완전히 닫히지 않은 문에서 언뜻 유상호의 뒷모습이 스쳐보였다.

관계자 외 출입금지.

출입문에는 그렇게 쓰여 있었다.

나는 그 문을 열려고 했다.

뒤에서 어떤 여자의 목소리가 들렸다.

"뭐 하시는 거죠?"

간호사였다.

"들어가시면 안 돼요."

나는 간호사를 밀치고 들어가려 했다.

덩치 큰 남자 직원이 달려왔고 나를 제지했다.

"들어가시면 안 됩니다!"

나는 직원에게 밀려 그렇게 물러날 수밖에 없었다.

억지로 끌려 나오다 복도 벽에 붙은 한 액자에 시선이 꽂혔다.

학교 사진이었다.

미래학교.

학교명 위에는 피가 묻어 있었다. 방금 묻은 것처럼 선명

했다. 나는 그게 누구의 피인지 알아챘다.

유상호의 피다.

신문사로 돌아온 나는 곧바로 사장실로 갔다.

김정미는 사장실 소파에 앉아 있었다.

"유상호하고 얘기하는 걸 복도에서 봤어요. 게다가 유상호를 차로 치려고 했죠. 도대체 그 사람하고 무슨 관계입니까?"

김정미는 귀찮다는 표정으로 소파에 몸을 깊이 파묻었다.

"지금 무슨 말을 하는 건데? 내가 그 사람을 죽이려 했다, 뭐 그런 말이야?"

"그건 아니지만."

"그 사람은 그저 몇 번, 그것도 우연히 만난 사이야. 그 사람, 대수롭지도 않은 일을 심각하게 생각하는 사람들 중 한 명이지. 당신처럼."

나는 가망이 없단 걸 깨닫고 밖으로 나왔다.

흡연실로 들어왔다.

담배를 피우고 있던 선배가 딱한 표정으로 나를 보았다.

"지금도 미래파 파헤치는 거 아니지?"

"무슨 말이에요?"

"몰라?"

"뭘요?"

"사장 딸이 미래파 신자잖아. 그것도 아주 열렬한."

나는 대꾸할 말이 없었다. 담배 연기가 허공으로 달아났다.

"그냥 접어. 미련 부리지 말고."

나는 선배의 말을 무시하고 흡연실을 나왔다.

갈산

갈산은 아내의 제자 김주희의 고향이기도 했다. 주희를 만나러 아내는 갈산에 갔을지 모른다.

당장 비라도 퍼부을 듯 하늘엔 먹구름이 깔려 있었다. 이제 막 3월로 들어섰지만 내 마음은 여전히 겨울에 머물러 있었다.

늦은 오후가 되자, 차창에는 뚝뚝 빗방울이 찍혔다 흘러내렸다.

그날도 그랬다. 지호를 보낸 그날도.

지호에게 뺑소니 사고가 있고 나서 아내와 나는 더욱더 멀어졌다. 우리 사이를 연결시켜 주던 끈이 끊어지고 나니 아내와 나는 소원해졌다. 그 어떤 위로도 아내에게는 통하지 않았다. 슬픔의 관 안으로 아내는 스스로 들어갔다. 그리

고 내게도 자신의 슬픔에 동참해주기를 바랐다. 자신의 관
에 못을 박아달라고. 이런 아내를 어떻게 대해야 할지 몰랐
다. 나는 슬픔을 표현하는 것이 서툴렀고, 아내는 이런 나를
오해했다.

빗방울이 무심하게 창에 꽂혔다.

대구에서 출발해 안동 휴게소를 지난 차는 한 시간여를
더 달려 갈산으로 들어섰다.

칡으로 뒤덮인 짙은 갈색 산.

마을은 갈색 산으로 둘러싸여 있었다.

길가에는 순찰차 한 대가 주차되어 있었다.

차량은 서서히 마을 초입에 들어서고 있었다.

갈산은 여느 시골 마을과 다를 바 없어 보였다.

목이 말라 생수를 살 겸 슈퍼로 들어갔더니 평생 이곳을
지켜온 듯한 노인이 주의 깊게 이방인을 살폈다. 한시도 나
를 놓치지 않고 따라붙는 노인의 시선이 부담스러워 생수를
사자마자 밖으로 나왔다.

순찰차 한 대가 천천히 다가와 내 곁을 지나갔다. 반쯤 내
린 차창에 팔을 걸친, 조수석의 선글라스 쓴 순경이 나를 스
쳐가듯 보았다.

나는 차에 올라 재빨리 시동을 걸었다.

붉은 커튼

내비게이션에 미래학교를 찍었다.

구불구불한 포장도로를 따라 이십여 분 달렸을까. 드디어 미래학교가 나타났다. 미래학교는 미래파가 운영한 학교였고 교주 조성길이 죽고 나서 문을 닫은 상태였다.

나는 학교 앞에서 차를 세웠다.

차에서 내려 무거운 걸음을 옮겼다. 눈두덩이 욱신욱신 터질 듯이 쑤셨다.

폐쇄된 미래학교는 황량한 느낌이 들었다.

우중충한 외벽에 한 개 동만 있는 학교.

나는 학교 운동장을 가로질렀다.

창밖에서 교실 안을 살폈다.

아무도 없었다.

차로 걸어와 폰을 만지작거렸다.

유상호에게 전화를 걸었다. 신호만 갈뿐 그는 전화를 받지 않았다.

삼십여 분 넘게 운동장에서 시간을 보냈다. 유상호가 나타나지 않을까 하는 마음으로. 하지만 시간이 지날수록 차츰 불안한 기분이 들었다. 그가 나타나지 않을 수도 있었다. 액자에 묻은 피는 아무런 의미가 없는 것일 수 있었다.

천천히 학교로 걸음을 옮겼다. 교실 창문은 학교를 지키는 파수꾼처럼 보였다. 창문은 익명의 눈동자처럼 나를 응시했다. 누군가 그 안에서 나를 지켜보고 있다는 느낌이 강하게 들었다.

문을 열고 복도로 들어섰다. 복도를 밟아갔다. 창문으로 교무실 안을 들여다봤지만 인기척은 느껴지지 않았다. 나는 복도를 따라 걸었다. 중앙에 서서 2층으로 올라가는 계단을 비스듬히 보았다. 계단을 올라갔다. 전신 거울에 비친 나를 지나 2층에 닿았다. 어디로 가야 할지 갈피를 잡지 못하다 벽에 걸린 액자로 다가섰다. 학생들과 교직원이 함께 찍힌 사진이었다. 그들 중앙에는 미래파의 교주 조성길이 목재의자에 앉아 있었다. 팔십이 넘은 그는 여느 늙은이와 크게 다르지 않았다. 사각 무테안경 너머의 시선만큼은 나이와 무관하게 날카롭게 보였다. 조성길 옆에는 살짝 미소짓고 있는 중년의 여자가 있었다. 미래파의 주요 간부 중 한 명으로 교장 최현자였다. 교직원으로 보이는 사람들을 훑었다. 그 사람들 중에 유상호가 있었다.

"누구시죠?"

깜짝 놀라 고개를 돌렸다.

청바지에 갈색 블라우스를 입은 단신의 여자가 굳은 얼굴로 나를 보고 있었다. 대꾸할 말이 얼른 생각나지 않았다.

"아무도 없는 줄 알고……."

"나가세요. 저도 가야 돼요."

뒤로 묶은 머리에 둥그스름한 얼굴의 여자는 싸늘한 표정
으로 등을 돌렸다.

"저기, 뭐 하나 물어봐도 되겠습니까?"

여자가 돌아봤다. 귀찮다는 표정이 스쳤다.

"여기 이 사람, 아세요?"

내가 유상호를 가리켰다.

"왜 그러시죠?"

"이 사람을 만나러 왔거든요."

여자가 의심스레 나를 보았다.

"무슨 볼일이신데요?"

"제 아내하고 관계된 일이라서요."

"지금 여기 없어요. 대구에 있을 거예요."

"대구 어디요?"

"그걸 내가 어떻게 알아요?"

"좀 알려주세요."

"죄송해요."

더는 아무 것도 묻지 말라는 듯 여자가 돌아섰다. 나는 여
자에게 가볍게 목례를 했다. 인사를 받는 둥 마는 둥 여자는

바로 교무실로 사라졌다.

삼십여 분 차를 몰아 읍내로 나왔다. 읍내에 있는 모텔에 숙박을 했다. 사 온 소주를 마시며 차가운 벽에 머리를 기댔다.

폰을 만지작거렸다. 톡에 떠 있는 아내의 사진을 보았다. 사진을 넘기다 환하게 웃고 있는 지호의 사진을 접했다. 지호한테서 눈을 떼지 못했다. 나에게도 행복했던 시절이 있었는가 싶었다. 아내에게 전화를 걸었다. 아내의 폰은 역시나 꺼져 있었다.

화면을 죽죽 올리다 수연의 번호에서 멈췄다. 수연의 톡에는 자신과 관계된 그 어떤 사진도 올라와 있지 않았다. 그저 바다가 보이는 풍경 사진뿐. 나는 수연에게 전화를 걸었다.

몇 번의 신호가 그냥 흘러만 갔다.

나는 전화를 끊었다.

폰을 내려놓고 종이컵에 따라져 있는 소주를 들이켜는데, 전화벨이 울렸다.

수연이었다.

"수연이니?"

"응. 선배. 그렇지 않아도 전화 한번 해볼까 했어."

붉은 커튼

"그래?"

"어떻게 됐어? 아직도 언니하곤 연락 안 돼?"

"미쳐버리겠다. 어디로 숨어버린 건지."

수연의 한숨 소리가 들렸다.

"그래, 지금 어디야?"

"명동군."

"명동?"

"갈산 있잖아."

"거긴 왜?"

"네가 말한 주희라는 애가 갈산에 왔대. 아내도 여기 온 거 같아서."

"그 애는 만났어?"

"아직. 주희라는 애 만나면 뭔가 길이 보이겠지."

"내가 선배한테 안 한 얘기가 있어."

"뭔데?"

"언니가 미래파 얘기를 했어."

"뭐?"

"혹시 언니가 사라진 게 미래파랑 관련된 게 아닐까 싶어서."

"무슨 얘길 했는데?"

"언닌 지호를 죽인 게 미래파의 짓이 아닌가, 의심했어."

나는 가슴이 철렁했다.

"그 얘길 왜 이제 해?"

"선배도……, 관련됐으니까."

"무슨 말이야?"

"미래파는 선배 취재를 막으려 했어. 지호를 이용해서."

"그럼 지호는 왜 죽였는데? 지호는 살려놔야지."

"처음부터 지호를 죽이려던 건 아니었겠지. 어쩌다 보니 사고가 났겠지. 지호 사고 난 정황을 보면 납치를 시도했던 게 아닐까 싶어."

"아내가 한 말이야?"

"언닌 그렇게 생각하는 것 같았어."

"그 정보는 어떻게 안 건데?"

"그건 나도 몰라."

아파트 앞에서 아내를 만나던 유상호가 생각났다.

'할 말이 있어. 미래파에 대해서.'

유상호의 말이 스쳤다.

미래파에 대한 취재를 멈췄어야 했나. 종교 단체를 취재하는 건 자칫 목숨을 걸어야 하는 일이다. 지호가 죽고 나서야 내 취재는 멈췄다. 미래파가 원하는 대로 되었다.

수연이 걱정스러운 목소리로 나를 불렀다.

나를 원망하던 아내의 시선이 이제야 이해가 되었다. 아내의 싸늘한 시선이 무엇을 의미했는지 알 것 같았다. 내게 보낸 시선은 단순히 지호를 잃었다는 상실의 시선만은 아니었다. 그 시선은 나에 대한 원망이었다.

"피곤해. 담에 전화해."

나는 전화를 끊었다.

나를 지켜보던 아내의 눈길이 느껴졌다. 견디기 어려웠다.

유상호는 아내에게 무슨 얘기를 한 걸까. 나에게는 무슨 얘기를 하려던 것이었을까.

새벽까지 통 잠을 이루지 못했다. 거의 뜬 눈으로 밤을 새우다 새벽이 되어서야 정신을 잃은 듯 잠에 빠졌다가 뭔가에 놀라 번쩍 눈을 떴다.

아침 일찍 모텔을 나와 미래학교로 향했다. 미래학교는 전날과 다를 바가 없었다.

나는 운동장에서 한참을 서성였다.

차 한 대가 운동장 안으로 들어왔다.

차 쪽을 보았다.

정차한 차에서 누군가 내리고 있었다. 어제 봤던 그 여자다.

나는 여자에게 달려갔다.

차에서 내리던 여자가 토끼 눈을 하고 나를 봤다.

여자가 용건을 묻기도 전에 내가 먼저 물었다.

"유상호 그 사람, 어딨습니까?"

여자가 대꾸를 하지 않았다.

"어딨냐니까!"

나는 윽박질렀지만 바로 태도를 바꿔 사정했다.

"갈산에 있어요."

여자가 말했다.

"근데, 왜 거짓말 했습니까?"

"대구에 있는 줄 알았는데, 알고 보니 어제 늦게 갈산에 왔더라구요."

그녀는 유상호가 있는 곳을 알려주었다.

나는 유상호가 있다는 곳으로 급히 차를 몰았다.

여자가 싸늘한 눈빛으로 자기를 지나치는 나를 보았다.

평범해 보이는 일층의 벽돌집이었다. 마당은 비어있었다. 방문 역시 굳게 닫혀 있었다.

창문으로 집 안을 들여다봤다. 앉은뱅이책상, 이불, 옷가지들이 방바닥에 아무렇게나 놓여 있었고 그 외에는 휑했다.

그때 뒤통수가 곤두섰다.

돌아봤더니 웬 여자아이가 집 밖에 서 있었다.

여자아이와 눈이 마주쳤다. 아이는 겁에 질려 있었다.

심상치 않은 느낌을 받았다.

아이가 물러섰다.

"괜찮아."

아이를 달랬다.

"겁먹을 거 없어."

최대한 부드러운 투로 말했다.

아이는 홱 돌아섰다.

나는 아이를 따라갔다. 도망가려는 아이를 붙잡았다.

아이가 불안한 눈으로 나를 보았다.

"왜 그래?"

"아니에요."

"괜찮아. 할 얘기 있으면 해도 돼."

망설이던 아이가 답했다.

"영우."

"영우?"

"최영우."

아이가 그렇게 말하며 뒤로 물러섰다.

"여기 영우 집이에요."

"딴 사람이 사는 거 아냐?"

아이가 답을 망설였다. 그러다 소스라치게 놀랐다.

갑자기 옆 골목에서 튀어나온 유상호가 아이의 가느다란 팔을 꽉 움켜쥔 것이다. 아이는 우악스러운 손아귀에서 벗어나려 안간힘을 썼다.

"놔 줘."

내가 경고조로 말했다.

유상호는 성이 난 얼굴로 나를 보았다. 아이를 밀치다시피 놓은 그가 내 쪽으로 다가왔다. 내가 옆으로 물러섰다.

"꺼져."

유상호가 중얼거렸다.

"나한테 하려던 얘기가 있었잖아."

무슨 영문이냐는 표정으로 나를 보던 유상호의 얼굴이 일그러졌다. 그의 눈빛은 날카로웠다. 완전히 딴 사람이 되어 버린 것 같았다.

"나한테 할 얘기가 있다고 했잖아."

그는 절레절레 고개를 흔들며 마루에 털썩 주저앉았다.

"제발, 가 줘. 오늘 말고 딴 날 와. 그럼 생각날지도 몰라."

그의 눈동자는 벌겋게 충혈이 되어 있었다.

나는 일단 물러나기로 했다. 심상치 않은 느낌을 받았기에 그의 말을 따르기로 했다.

미래학교는 전처럼 정적에 휩싸여 있었다.

운동장에 정차했다.

학교 문을 열고 안으로 들어섰다. 복도 쪽으로 시선을 던졌다.

"왜 또 온 거죠?"

여자의 날카로운 음성이 내 뒤에서 쏟아졌다.

"아내 때문에요."

여자가 의심스럽게 나를 보았다.

"아내가 여기 갈산에 왔거든요."

"좋아요. 어디 얘기나 들어보죠."

여자가 교실 한곳을 가리켰다.

나와 여자는 빈 교실로 들어왔다.

"미래학교는 문을 닫은 걸로 아는데, 여긴 왜 있는 겁니까?"

내 질문에 그녀가 단호하게 답했다.

"다시 열 거예요."

"교주가 죽은 마당에 문을 연다?"

"그 분은 죽지 않았어요."

기가 찼다.

"유상호라는 사람 말입니다."

내 말에 여자가 놀라는 듯했다.

"그 사람이 왜요?"

"그 사람에 대해 좀 듣고 싶어서요. 어떤 사람인가 싶어서."

"이 마을에서 살인사건이 일어났어요. 아빠하고 아들이 죽었는데, 범인은 아직 잡히지 않았어요."

내가 여자의 표정을 살폈다.

"영우라고, 아빠랑 죽었는데, 상호 씨는 영우 아빠하고 가까운 친척이에요. 그들을 죽인 범인을 잡으려는 거죠."

"그래서 그 사람이 그 집에 머무른다?"

내가 의심스러운 눈빛으로 반문했다.

"당신은 잘못 왔는지도 몰라요. 아내분이 여기 왔다는 증거도 없구요."

"아내는 여기 왔습니다. 유상호도 내 아내에 대해 알고요."

"그래요?"

"혹시 김주희라고 들어봤습니까?"

나는 폰에 담긴 김주희의 사진을 보여주었다.

"모르겠는데요."

"여기가 고향이라고 하던데."

"이 애는 왜 찾는 거죠?"

"아내 제자입니다. 아내하고 좀 각별한 사이였어요."

"그런가요?"

여자가 나를 유심히 살폈다.

나는 유상호가 있는 집으로 다시 왔다.

나를 보던 그의 붉은 눈빛과 창백한 얼굴이 계속 어른거렸다. 내게 적대적이었던 그의 모습이 뇌리를 떠나지 않았다.

조심스럽게 집 쪽을 보았으나, 인기척이 느껴지지 않았다. 철문을 열고 마당으로 들어섰다. 좁은 마루엔 시간이 꽤 지난 신문들이 쌓여 있었다. 방문 손잡이를 당겼더니 문이 열렸다. 보이지 않던 빈 소주병 몇 개가 놓여 있었다.

나는 마당 한가운데 서서 맞은편 대문 쪽을 응시했다.

대문과 밖의 경계선에 뭔가 반짝이는 것이 있었다. 그게 뭔지 정확하지 않았다. 수풀 속에서 이질적으로 튀어나와 있었다. 별로 커 보이지 않는데, 금속류다. 대문을 지나 그쪽으로 향했다.

자세히 보았다. 반지다. 결코 낯설지 않았다. 아내의 손가락에 끼워져 있던 것. 아내의 반지다. 황급히 주위를 살폈다. 이 근방에 아내가 있었단 말인가. 그렇다면 유상호의 집 말고는 없다.

부리나케 집으로 들어왔다. 마당에서 집을 보다가 대문으로 고개를 돌렸다. 아내의 반지를 유상호가 빼앗았나. 하지만 그가 반지를 뺏을 이유가 굳이 없다. 그렇다면 아내가 어디론가 끌려가면서 자신의 존재를 알리기 위해 떨어트렸나. 오늘 같은 날을 바라며. 하지만 그런 걸 계획에 넣고 행동을 한다는 건 쉬운 일이 아니다. 아니, 그만큼 절박한 심정이었다면, 가능하지 않았을까.

반지가 떨어져 있던 지점으로 다시 걸어왔다. 그곳을 지나쳤을 누군가 아니면, 그곳에 있었을 누군가를 그려보았다. 아내가 지나가고, 유상호가 지나가고, 마지막으로 또 누군가. 뇌리를 스치는 한 명이 있었다.

그러고 보면 이상했다. 그때는 미처 몰랐지만. 유상호는 성이 난 얼굴로 여자아이의 팔을 억세게 틀어쥐었다.

그는 뭐가 그렇게 성이 났을까.

유상호가 아이의 팔을 붙잡았을 때, 아이가 반지를 떨어뜨린 것이라면…….

미래학교로 향했다.

나는 행정실을 기웃거렸다. 여자는 없었다. 건물을 나와 운동장 주변을 서성였다. 다시 건물로 들어왔고 복도에서 여자를 만났다.

"무슨 일이죠?"

"뭘 찾았습니다."

그러면서 나는 반지를 보여주었다.

"이게 뭔데요?"

"아내 반지입니다."

"아내 반지요?"

"물어보고 싶은 게 있습니다."

"어디서 찾았는데요?"

"영우네 집에서요."

나는 내가 봤던 여자아이에 대해 얘기했다.

"유상호가 그 아이를 아는 것 같았어요."

여자가 가만히 나를 보았다.

"그 애를 만나서 뭘 어쩌게요?"

"물어볼 게 있거든요."

망설이던 여자가 건물 밖으로 나갔다.

나는 여자를 내 차에 태웠다. 영우의 집을 지나쳐 어느 허름한 집 앞에 차를 세웠다. 차에서 내린 여자는 허름한 그 집으로 들어갔다.

"정윤아."

여자가 아이의 이름을 불렀다.

잠시 뒤 문이 열리고 아이가 나왔다.

아이를 보는 순간 반지를 쥐고 있던 손에 절로 힘이 들어
갔다.

나는 아이에게 다가갔다.

나를 본 아이가 흠칫 물러섰다.

내가 아내의 반지를 내밀었다.

반지를 본 아이의 표정이 이내 어두워졌다.

"이거 네가 가지고 있었지?"

내가 틈을 주지 않고 물었다.

정윤이 여자를 올려다봤다.

"바른 대로 말하면 돼. 걱정하지 말고."

정윤은 가까스로 고개를 끄덕였다.

"어떻게 갖게 됐지?"

나는 아이를 집어삼킬 듯 보았다.

"아저씨요."

"아저씨?"

"그 아저씨한테 있었어요."

그러면서 아이는 자신도 모르게 자기의 팔 한쪽을 꾹 눌렀다.

여자와 나는 서로를 보았다.

아이가 누구를 말하는지, 나는 눈치를 챘다.

"먼저 나가 계세요."

여자가 말했다.

나는 고개를 끄덕이고 집 밖으로 나왔다.

얼마 뒤, 여자가 집에서 나왔다.

"정윤이가 영우 집에서 가져왔나 봐요. 탐이 났던 모양이에요. 그것 때문에 쉽게 얘기를 못 한 거예요."

나는 여자의 말에 아무 대꾸도 하지 않았다. 그런 건 아무래도 좋았다.

여자와 차로 오며 내가 물었다.

"유상호는 어떻게 아내 반지를 가지고 있었을까요?"

여자 역시 알 수 없다는 표정으로 나를 보았다.

"어쨌든 고맙습니다."

여자와 헤어지려다 그녀에게 내 번호를 알려주었다.

"뭐라도 생각나는 게 있으면……."

"알겠어요."

여자와 헤어진 나는 얼른 차에 올랐다.

한동안 나를 보던 여자가 자신의 차에 탔다.

내가 유상호를 찾아가 무슨 문제라도 일으키지는 않을지 걱정을 하는 모습이었다.

여자가 말린대도 유상호를 만나야 했다.

하지만 마을에서 그를 찾기는 쉽지 않았다.

만일에 그가 읍내로 나갔다면 낭패였다. 언제 돌아올지 몰랐기에. 더욱이 읍내에서 인근 도시로 나가 그 길로 사라졌다면 모든 게 끝이다.

마을 곳곳을 돌아다니다 농협 앞에 차를 세웠다. 그가 만일 멀리 나갈 계획이라면 은행에서 얼마간의 돈을 인출했을 가능성 또한 배제할 수 없었다.

농협으로 들어갔다.

나는 유상호의 생김새를 직원에게 말했다.

끈으로 머리를 동여맨 젊은 여직원은 모르겠다는 듯 고개를 저었다.

그때 옆에 있던 초라한 행색의 키 작은 중년 남자가 말했다.

"아까, 꼬꼬 식당에 있던데."

그 말이 떨어지기가 무섭게 나는 그곳으로 뛰어갔다.

파마머리의 오십 대 여주인이 말했다.

"소주를 잔뜩 마시다 말고 가던데. 잠깐 나갔다 온다 카면서. 어데 가냐고 물었더니 집에 갔다 온다 카던데. 지갑을 놓고 왔나 싶어 그래라 했지."

나는 유상호가 있는 집으로 차를 몰았다.

골목 앞에 정차하고, 좁은 길을 따라 뛰었다.

마당 안으로 뛰어들었다. 방문이 활짝 열려 있었다. 방 안에 유상호가 있었다. 그가 벽에 딱 붙어 앉아있었다.

일부는 바닥에, 일부는 창틀 못에 걸린 뭔가를 유상호가 보고 있었다. 그의 얼굴은 반쯤 넋이 나가 있었다. 황홀한 얼굴로 마치 꿈이라도 꾸고 있는 사람 같았다.

나 역시 그가 보고 있는 것으로 시선을 던졌다. 처음엔 그게 뭔지 몰랐다. 그러나 곧 뒷덜미로 소름이 오르르 돋았다.

청바지에 블라우스. 푸른색 블라우스엔 불그스름한 자국이 묻어있었다. 핏자국. 아내의 옷가지였다.

나는 신발을 신은 채로 방으로 들어섰다. 끔쩍 놀란 상호가 비스듬하게 나를 올려다봤다. 상호의 타락한 얼굴에 내 주먹을 날렸다.

유상호가 벌러덩 뒹굴었다. 나는 발길질을 퍼부었다. 그가 머리를 감싸고 벽으로 붙었다. 내 다리를 유상호가 붙들었다. 그가 온몸으로 나를 밀어붙였다. 뒤로 밀린 나는 나자빠졌다. 어떤 약병이 보였다. 빨간 알약들이 몇 알 흘러나와 있었다. 약 옆으로 과도가 눈에 띄었다. 까칠까칠한 느낌의 검은 손잡이를 잡았다. 나는 아래서 위로 휘둘렀다. 칼은 유상호의 팔뚝을 긋고 배 쪽을 스쳤다. 유상호가 단말마의 비명을 질렀다. 내가 몸을 일으키려는데 그가 내 얼굴을 걷어찼다.

유상호가 칼을 움켜쥐고 밖으로 뛰쳐나갔다. 그의 팔뚝에선 피가 흘러내렸다.

흙바닥에 떨어진 피를 쫓아 그를 뒤쫓았다. 피는 고샅 어귀에서 돌아 야산 초입에서 끝나 있었다. 유상호는 집 뒤편 산으로 올라간 모양이었다.

나는 언덕을 넘어 쫓아갔으나, 그의 모습은 보이지 않았다. 좁은 산길의 비탈길에는 빽빽한 소나무가 들어차 있었고, 그 길 아래를 살폈으나 유상호의 모습은 보이지 않았다.

초조한 마음에 산길을 따라 달렸다. 이렇게 된 이상 산에 있는 건 부질없는 짓이었다. 마을로 돌아가 사람들을 데리고 다시 오는 게 나을지 몰랐다. 그렇게 생각하고 산길을 따라 다급히 달려가는데 어디선가 부스럭대는 소리가 들렸다. 나는 걸음을 멈췄다. 유상호일지 모른다는 생각에 소리가 나는 쪽으로 조심스레 걸음을 옮겼다.

붉은 커튼

갑자기 나타난 유상호가 휙, 내게 칼을 휘둘렀다. 깜짝 놀라 한쪽 무릎을 어정쩡하게 꿇고 말았다. 유상호가 내 앞에 섰다. 칼이 다시 날아왔다. 피하려다 엉덩방아를 찧었다. 나는 돌부리를 잘못 짚고 균형을 잃었다. 유상호가 나를 덮쳤다. 그의 칼 잡은 손을 붙들고 발버둥을 쳤다. 서로를 껴안은 채 우리는 밑으로 굴렀다.

나무 밑동에 놈의 다리가 걸려 억지로 멈췄다. 그가 다리를 부여잡고 중얼댔다.

"내가 안 죽였어."

나는 멍하니 그를 보았다.

나를 보던 유상호의 시선이 순간 내 뒤쪽으로 향했다. 그의 입이 절로 벌어졌다.

나는 고개를 돌렸다. 피할 새도 없이 내 얼굴로 둔탁한 뭔가가 퍽 내리꽂혔다. 뜨듯한 피가 이마를 타고 눈을 가리고 죽 입가로 흘러내렸다.

나는 푹 고꾸라졌다.

내가 눈을 떴을 때, 사위는 적막했다. 감당하기 힘든 오한이 끼쳤다. 손에 잡풀이 쥐어졌다. 그러자 좀 전의 일들이 떠올랐다. 전신이 욱신욱신 쑤셨다. 특히 머리가 깨질 듯이 아팠다.

여기가 어딘지 알 수 없었다. 산속 어디쯤이란 것 말곤.

모든 게 몽롱했다. 심장이 오그라드는 기분이었다. 얼마 떨어지지 않은 곳에 큰 덩치가 있었다. 나는 엉금엉금 기어 갔다. 누워 있는 얼굴을 확인했다. 유상호였다. 자는 건지, 죽은 건지 알 수 없었다. 유상호는 일그러진 미소를 머금고 모로 누워 있었다. 나는 그의 어깨를 슬쩍 흔들었다. 미동조차 없었다. 그의 셔츠 위에는 피가 붉게 물들어 있었다.

어떻게 할 생각도 없이 일어섰다. 빨리 이 지옥에서 벗어나야겠다는 생각뿐이었다. 유상호로부터 좀 떨어지고 나니, 마음이 좀 진정되었다. 얼마 가지는 못했다. 내딛는 발은 천근만근이고, 땀에 들러붙은 옷은 갑갑해 미칠 지경이었다. 사지가 저려왔다. 나는 털썩 주저앉고 말았다.

다시 정신을 차린 나는 주위를 살폈다. 빨리 마을로 돌아가야 했다. 다리에 힘이 빠져 휘청휘청 걸었다.

차로 돌아와 그 안에 처박혔다. 세상과 완전히 단절된 느낌이었다. 팔 안쪽이 쓰렸다. 뭔가에 긁힌 팔은 시뻘겋게 부어 있었다. 상처 자국이 길게 나 있었다. 다행히 전신이 욱신거리며 쑤실 뿐 팔 말고는 딱히 다친 데는 없었다.

나는 한 시간여 뒤 슈퍼 앞, 차 안에서 생수를 마시고 있었다.

마을에서 벌어진 소란에 정신을 뺏겼다. 유상호를 죽였다며 나를 잡으러 온 건 아닌지 불안이 끼쳤다.

그것이 아님을 곧 깨달았다. 나는 사람들이 웅성거리는 곳으로 향했다.

정복을 입은 경찰들이 서 있었다. 형사로 보이는 남자들에게 양팔이 붙잡힌 어떤 남자가 보였다. 장발에 초췌한 행색이었다.

"내가 안 죽였다."

남자는 계속 범행을 부인하고 있었다.

마을을 떴다가 야밤에 고향으로 돌아왔던 용의자는 누군가의 신고로 체포됐다. 집에서 자고 있다가 갑자기 들이닥친 경찰에 의해 붙잡히고 말았다.

용의자는 마을 사람들에게 영우 부자를 죽인 범인으로 이미 낙인이 찍혀 있었다. 그의 얼굴을 보고 흥분한 사람들이 소리를 질렀다.

"너 같은 놈은 뒈져야 된다!"

"이 살인자 새끼야!"

질타가 마을 사람들 입에서 터졌다.

용의자가 초점 없는 눈길로 사람들 쪽으로 고개를 돌렸다.

사람들의 욕지거리가 다시 들렸다.

파출소 앞에서 떠날 줄 모르고 자리를 지키던 사람들이 하나둘 흩어졌다.

나는 용의자가 내뱉은 안 죽였다는 그 말을 홀로 되뇌었다.

웬 남자가 나를 쏘아봤다. 큰 키에 통통한 얼굴. 그 얼굴은 미소를 머금고 있었는데 어딘지 비웃음이 뒤섞인 한마디로 기분 나쁜 미소였다.

"여긴 어떻게 왔습니까?"

나는 대답하지 않았다.

"혹시 압니까? 도움을 줄 수 있을지."

그러면서 그가 자신의 신분을 밝혔다.

남형만이라는 형사였다.

"아내를 찾으려요."

"아내요?"

"예."

"와이프가 여기 왔다는 증거라도 있습니까?"

형사가 담배를 꼬나물었다.

"아내는 제자를 만나러 갈산에 왔어요."

"제자?"

"김주희라고."

남형만은 목이 뻐근하다는 듯 크게 목을 휘돌렸다.

"이 동네에 그런 애가 있나."

"무슨 말입니까?"

"당신 하는 얘기 전부가 사실 신뢰가 안 가요. 당신 싫다고 떠난 사람을 어데 애꿎은 데서 찾는 게 아닐까, 그런 생각이 든다고요. 어쩌면 지금쯤 집에서 티브이를 보고 있을지도 모르겠네."

"아내의 피 묻은 옷을 봤습니다."

"어데서?"

"영우 집에서요."

"영우네 집?"

그가 인상을 잔뜩 쓰고 나를 봤다.

나는 그 길로 남형만을 데리고 영우의 집으로 향했다.

"이게 뭐꼬? 이게?"

영우의 집을 둘러보던 남형만이 나를 돌아보고 소리쳤다.

나는 멍하니 방을 보았다.

방은 그러니까, 깨끗했다.

"지금 장난하쇼?"

나는 방으로 뛰어들었다.

남형만이 삐딱하게 고개를 기울이고 나를 보았다.

"진짜 신뢰가 안 가네."

남형만이 홱 돌아서서 자기 차로 가버렸다.

아내의 피 묻은 옷가지를 하나라도 찾으려 장롱까지 열어 젖혔으나 이불만 뭉쳐 있을 뿐 아무 것도 없었다.

나는 형사에게 다가갔다.

"아내한테 무슨 일이 생겼습니다."

남형만이 한숨부터 내쉬었다.

"선생님 마음이 이해가 안 가는 건 아닙니다."

"아내한테 분명 무슨 일이 생겼다니까요."

"예, 예. 분명 무슨 일이 생긴 것 같네요. 당신 표정만 봐도. 평소에 형씨가 와이프를 어떻게 대했는지도 알 것도 같고. 뭐랄까, 와이프에 대한 죄책감? 와이프랑 무슨 일이 있었는지 모르겠지만, 어떤 죄책감이 이런 황당한 상상을 하게 만들었겠죠. 나도 와이프하고 이혼하고 나니까, 별별 생각 다 나더라고. 분명 선생님 와이프한테 무슨 일이 생겼을 거야. 근데, 선생님. 곰곰이 생각해 보세요. 본인에 대해서."

딱하다는 그의 시선을 나는 피했다.

"아까, 그 사람도 범인이 아닙니다."

"무슨 말도 안 되는 헛소리야?"

남형만이 버럭 화를 냈다.

"이렇게 넘겨짚는 걸 보니, 그 사람도 범인이 아닙니다."

"이 사람이 보자보자하니까. 이번에 잡힌 놈도 전부터 유력한 용의자였다고. 알고나 지껄이세요. 도박판에서 최필수한테 돈을 잃었고, 그 돈을 찾으러 왔다가 홧김에 최필수하고 한판 붙었고. 그러다가 최필수를 죽였고, 영우도 죽였고."

"영우까지 죽였다고?"

"살인 현장에 영우가 있었겠지. 모든 건 끝났어. 범죄자들 중에는 그런 경우가 허다해. 이성적으로 행동하는 인간들은 없다고 보면 돼. 그놈들 행동은 말이 되게 설명할 수 있는 게 아니다, 이거야. 지 싫다고 떠난 마누라를 범죄에 휩쓸렸다고 우기는 당신처럼."

남형만이 나를 보고 휘휘, 손을 내저었다.

허망한 기분으로 차 쪽으로 걸어오는데, 전화가 걸려왔다. 미래학교의 그 여자였다.

"유상호 봤어요?"

"그게······."

내가 또렷하게 대답을 못하자 여자가 재촉했다.

"뭐예요?"

심상치 않은 느낌을 받았는지 여자의 목소리 톤이 올라

갔다.

"못 봤습니다. 근데 그 사람한테 무슨 일이라도 생겼습니까?"

"모르겠어요. 계속 연락이 안 돼서."

모르겠다는 말만 연거푸 하다 내가 먼저 전화를 끊었다.

유상호는 지금 산에 방치되어 있겠지.

나는 누군가에게 공격을 당했다. 정체 모를 누군가가 나를 공격한 뒤 유상호도 죽였을 것이다.

도통 알 수 없다.

유상호의 시체는 어떡하지. 시체를 그렇게 방치해 둔 이상 누군가가 발견하겠지. 만약, 발견되지 않는다면? 산짐승이 훼손이라도 한다면?

유상호의 시체가 발견되면 첫 번째 용의자는 내가 될 것이다.

마을 사람들의 비난이 쏟아지겠지. 영우 부자를 죽였다는 그 용의자에게 쏟아진 비난처럼.

내가 유상호를 찾아다니는 걸 목격한 사람이 있다. 무엇보다 미래학교의 그 여자는 경찰에게 말할 것이다. 내가 유상호를 찾아갔다고.

여자는 유상호와 왜 연락하려는 걸까.

망설이다 여자에게 전화를 걸었다.

몇 번의 신호음 끝에 여자가 전화를 받았다.

"왜요?"

"유상호 씨 말입니다."

"상호 씨요?"

"그 사람 있는 데를 알려드리려구요."

"어디 있는데요?"

"근데 유상호하고는 어떤 사이입니까?"

"그건 왜 묻죠?"

"왜 그 사람을 찾는지 궁금해서요."

"얘기했잖아요. 영우 아빠 사촌이라고."

"거짓말 말아요."

"내가 왜 거짓말을 해요?"

"사실대로 말해주시죠."

"대체 유상호 씨 어딨어요?"

더는 캐묻지 않고 묵묵히 말했다.

"우선 영우 집에서 만납시다."

이십여 분이 지나서 영우 집 쪽으로 여자의 차가 다가왔다.

정차한 차에서 여자가 내렸다.

여자가 화가 난 듯 나를 보았다.

"제 차로 가죠."

내가 말했다.

"어디 있어요?"

의심스러운 목소리로 여자가 물었다.

"가 보면 압니다. 타세요."

여자가 바로 차에 타지 않고 의심스레 나를 보았다.

나는 차에 올랐다. 그런 나를 잠시 보던 여자도 마침내 차
에 올랐다.

붉은 커튼

뜻밖의 사실

우리가 탄 차는 정적에 휩싸여 있었다. 험한 산길을 서행
하던 차가 기슭에서 멈췄다.

"여기서는 내려야겠네요."

차에서 내린 나는 앞서서 걸었다.

여자가 뒤따랐다.

나는 산길을 벗어나 소나무 숲으로 들어섰다.

여자가 몇 발짝 뒤에서 나를 따라왔다.

나는 걸음을 멈추고 주변을 둘러봤다. 비탈 쪽을 보기도
하다가 위쪽을 보기도 했다. 저만치 갔다가 다시 돌아오기
도 했다.

나는 당황했다.

"뭐 하시는 거죠?"

여자가 우왕좌왕하는 나를 보며 물었다.

"여기가 맞는데……."

"뭐가요?"

"사실은 유상호, 죽었습니다."

"예?"

여자가 홱 돌아보는 나를 보고 흠칫 놀랐다.

"내가 그런 게 아닙니다."

그녀가 말문이 막힌다는 듯 나를 보았다.

"진짜 내가 그런 게 아닙니다."

"날 여기 왜 데려왔어요?"

"내가 그런 게 아니란 걸 보여주려고. 근데 없어졌어요."

"지금 유상호 시체가 사라졌다 뭐, 그런 말을 하려는 거
예요?"

"분명 여기가 맞는데……."

"다른 데와 혼동한 거 아니에요. 산은 다 비슷비슷해서 초
행이면 헷갈리는 게 당연하잖아요."

"아닙니다. 워낙 큰일을 당해서 똑똑히 기억을 해뒀어요.
정확히 여기가 아니라 쳐도 이 근처인 것만은 틀림없어요."

"그럼 어떻게 된 거죠?"

"나도 미칠 지경입니다."

여자가 옆에 선 나무를 짚었다.

"잘 생각해 보세요."

"아까 전에도 이상한 일이 있었거든요. 사실은……."

"뭐가요?"

"유상호가 아내의 피 묻은 옷을 가지고 있는 걸 봤어요."

"유상호가요?"

"예. 그렇게 도망가는 그를 쫓아온 거예요. 근데 형사와 다시 갔더니, 방이 깨끗이 치워져 있었어요."

나를 가만히 보고 있던 여자가 말했다.

"그럼 누군가 유상호의 시체를 치웠단 말인가요?"

"그러니까요. 근데 왜?"

"가만히 두면 당신을 범인으로 몰아세울 수도 있는데 번거롭게 시체를 치웠단 건……."

나는 이 상황이 이해가 되지 않아 연신 고개를 흔들었다.

"팔은 왜 그래요?"

여자가 물었다.

걷어 올린 와이셔츠로 내 팔에 난 상처가 그대로 드러나 있었다.

여자는 내 말을 듣기도 전에 덧붙였다.

"갈산을 떠요. 그냥. 아내 일은 잊고."

"거짓말 아닙니다. 진짜 여기 유상호가 있었어요."

"그렇겠죠."

"그러고 보니 유상호를 따라다닌 사람이 있었어요."

하얀 늑대를 언급하자 여자가 말했다.

"박천정을 말하는 것 같네요. 미래학교 행정실에서 일했
죠. 그 사람 역시 미래파 신자죠."

"당신은 아니고요?"

여자의 말투가 자신은 미래파 신자가 아니라는 듯해서 확
인하듯 물었다.

"난 일간지에서 일해요."

여자가 입을 뗐다.

"기자요?"

"얼마 전 미래파 교주 조성길이 죽었죠. 하지만 한쪽에선
그가 살아있다는 얘기도 돌았죠. 죽은 건 가짜라고. 여기 갈
산은 미래파의 추종자들이 모여 사는 곳이에요. 조성길이
도피하기에는 적당한 곳이죠. 유상호도 여기로 왔어요. 나
는 그를 쫓아 갈산에 온 거고. 유상호가 조성길의 죽음에 대
해 뭔가 알고 있다고 생각했거든요. 미래파에 등을 돌렸으
니 많은 정보도 가지고 있을 거고."

나는 그녀를 바라봤다.

"근데 유상호는 입이 무거웠어요."

"왜죠?"

"그는 두려워하고 있었어요. 환각제에 중독되어 있었거든요. 알고 봤더니, 미래파에서 약을 주사했더라구요. 유상호가 원한 건 그 환각제밖에 없었어요. 약을 못하자 점점 미쳐갔죠."

"미쳐갔다?"

"그러다 미래파에서 유상호를 없앤 거겠죠. 무슨 말을 떠들고 다닐지 모르니까. 시체마저 치워 완전히 없앤 거죠."

"맞네. 그런 거네."

강력한 내 동의에 여자가 팔짱을 꼈다.

"아내의 반지도 그렇고, 피 묻은 옷가지도 그렇고, 아내는 분명 여기 갈산에 왔습니다. 갈산 사람들 중 누군가는 아내를 봤을 텐데, 아무도 그에 대해서 얘기를 하지 않고, 오지도 않았다고 그러는 건 뭔가 숨기고 있는 게 틀림없습니다."

"얘기했잖아요. 여긴 미래파의 추종자들이 사는 데라고."

내가 불쑥 물었다.

"근데 미래학교엔 왜 있었던 거죠?"

"동영상 때문에요."

"동영상이라뇨?"

"미래파에선 고문이 있었죠. 이탈하려는 신자들을 고문했어요. 고문 중에 살인이 있었고요."

여자가 잠깐 말을 끊은 뒤 이어갔다.

"그 영상이 담긴 usb가 있어요."

"usb?"

"유상호의 말로는 몰카로 찍은 영상을 usb로 옮겼대요. 외부에 폭로할 목적으로. 근데 이탈자로 의심받고 고문을 당했을 때 usb에 대해 털어놨대요. 팔에 뭔가를 맞고부터 저항을 할 수가 없었대요. usb도 최현자한테 뺏겼고."

"하얀 늑대라는 환각제 같은데요."

"그 환각제에 중독이 된 거죠."

그녀가 바로 말을 이었다.

"그 usb에 대해 아는 사람이 또 있어요."

"누군데요?"

"박천정."

"하얀 늑대요?"

"유상호는 환각제를 구하려 안달이 났어요. 그래서 고문이 찍힌 영상이 있다고 박천정에게 흘렸어요. 물론 영상엔 최현자도 함께 찍혔고요."

"왜 흘렸죠?"

"돈 문제로 박천정은 최현자랑 사이가 틀어져 있었죠. 당연히 박천정이 그 고문 영상에 관심을 가질 거라 생각한 거죠. 하지만 유상호는 usb를 뺏긴 얘긴 박천정에게 하지 않았어요. usb를 미끼로 환각제를 받아내려 했으니까."

"그럼, 그 usb는 최 교장이 갖고 있겠네요."

"학교 어딘가에 usb가 있을 거예요."

"최현자가 다른 데로 빼돌렸거나, 없애버렸다면?"

"조성길이 죽고 나서 최현자는 갑자기 사라졌어요. 다시는 미래학교로 돌아오지 않았죠. 돌아올 생각을 하고 떠났는데 어떤 사정으로 못 돌아왔다면요?"

"그럴 수도 있겠지만……."

"가능성이죠. 당신처럼."

"무슨 말입니까?"

"아내가 갈산에 왔다고 생각하잖아요."

"아내는 김주희를 만나러 왔습니다."

"그 제자 말인가요?"

"김주희가 아들을 봤다고 했거든요."

"아들요?"

"죽은 아들이죠."

여자가 나를 빤히 쳐다보았다.

"죽은 지호가 저하고 아내한테 어떤 얘기를 했다는 겁니다. 주희의 입을 통해서요."

내가 이어 말했다.

"무슨 황당한 얘기냐고 생각할 줄 알았습니다."

"아뇨. 그게 아니라, 귀신을 보는 소녀 얘길 들은 적은 있어요."

당황한 건 내 쪽이었다.

"그게 가능합니까? 이해가 안 되는 건 아내 성격에 그런 말도 안 되는 걸 믿었다는 거죠."

"아내 분이 김주희를 통해 아들을 만나려 했을 테죠."

"그랬을 겁니다."

"어쨌거나 김주희만 찾으면 되겠네요."

여자가 중얼댔다. 그러면서 여자는 자신의 명함을 건넸다.

서지은. 대구일보 기자였다.

김주희가 어디 사는지를 알아내는 건 시골에선 크게 어려운 일이 아니었다.

주희의 집은 미잠이란 곳에 있었다.

미잠은 갈산에서 안동으로 진입하는 경계에 위치해 있다.

나는 도로가에 차를 세워두고 좁은 길을 걸어 들어갔다.

낡은 시멘트 벽돌 집 앞에서 멈췄다.

섬뜩한 기운이 느껴질 정도로 주위는 조용했다.

"계십니까?"

마당에는 비닐 뭉치, 생수병 같은 잡동사니가 널브러져 있었다.

잠긴 목소리로 주인을 불렀다.

아무런 인기척이 느껴지지 않았다.

한 번 더 불렀다.

여전히 대답은 없다.

조심스레 방으로 다가가 방문을 당겼다.

텔레비전과 장롱, 컴퓨터, 벽에 걸린 상반신 거울 등이 있는 단출한 방이다. 작은 액자에 가족사진이 담겨 있었다. 중년의 남녀 사이에 아담한 체격의 소녀가 희미한 미소를 짓고 있었다. 김주희다.

모니터가 놓인 책상에는 책 몇 권이 놓여 있었다.

책들 틈에 있는 〈시대와 인물〉에 눈이 갔다.

내가 근무하는 신문사에서 발간하는 잡지다.

잡지에는 미래파에 대한 기사가 실려 있었다. 미래파를 취재하고 쓴 기사였는데 미래파에 얽힌 각종 의혹이 실렸다. 나는 잡지를 펼쳤다. 종이가 끼워져 있는 페이지가 대번에 펼쳐졌다. 나는 깜짝 놀랐다. 아내의 사진이 거기에 있었다. 근무하던 학교를 배경으로 한 아내의 모습이다. 아내는 찡그린 얼굴로 자신을 찍었을 카메라 쪽을 보고 있었다. 주희가 아내를 찍은 사진인 듯했다.

문이 열린 부엌 쪽을 보았다. 휴지통에는 둘둘 뭉친 휴지가 들어있었다.

뭔가 이상했다. 휴지를 자세히 살폈다. 언제 것인지 알 수 없다. 빛바랜 붉은 색. 피 같은 걸 닦아낸 흔적이지 않을까.

나는 곳곳을 살피다 찬장 문을 무심코 열었다.

그냥 닫으려다 저 안쪽에 놓인 뭔가를 발견했다.

과도.

잘못 본 게 아닌가 싶어 뚫어지게 보았다.

내가 쥐었던 그날의 검은 손잡이가 있는 과도.

나는 누군가에게 공격을 받았고, 정신을 차렸을 때에는 유상호는 이미 죽어 있었다.

이 칼이 왜 여기에.

그때, 집 밖에서 차 소리가 들렸다. 나는 신발을 챙겨 부엌 옆 보일러실로 들어왔다. 퀴퀴한 곰팡이 내가 진동했다. 차 소리가 멎었다. 차 문이 쾅 닫혔다. 둔탁한 발소리. 드르륵 방문을 여는 소리. 누군가 방으로 들어섰다. 부엌문이 벌컥 열렸다. 나는 바깥의 상황을 살폈다. 냉장고 문이 열리는 소리. 뭔가를 컵에 따르는 소리. 놈의 옆모습이 보였다.

주희 아빠인가.

나는 그의 행동을 일단 지켜봤다. 그가 뭔가를 벌컥벌컥 들이켰다. 놈이 다시 방으로 들어갔다. 서랍을 뒤져 서류를 챙기는 소리. 뒤이은 발소리.

나는 조용히 숨을 내쉬었다.

그때 휴대폰 벨 소리가 울렸다.

심장이 내려앉는 듯했다.

놈의 나지막한 말소리가 뒤를 이었다. 그러더니 한순간 그의 목소리에 힘이 들어갔다. 뭔가 중요한 얘기를 나누는 것 같았다.

"일곱 시."

놈의 느릿한 목소리가 들렸다.

"베네치아."

놈이 그렇게 말하곤 전화를 끊었다.

방문을 여닫는 소리가 이어지다가 인기척이 멀어졌다.

나는 보일러실에서 나와 방으로 들어왔다.

밖에서 차 시동 거는 소리가 들렸다.

액자에 담긴 가족사진을 통해 금방 본 남자가 주희 아빠란 것을 알았다.

찬장을 열고 다시 과도를 보았다.

유상호를 김주희 아빠가 죽였나 하는 의심이 뒤이었다.

붉은 커튼

주희 아빠

베네치아 카페는 읍내에 위치해 있었다.

나는 카페에서 멀찍이 떨어진 골목길에 주차하고 목적지로 걸어왔다. 24시 편의점 안으로 들어가 커피 음료를 사서 빨대를 꽂았다. 내 시선은 맞은편 카페에 고정되어 있었다. 카페 앞으로 사람들이 지나다녔다. 카페 안에도 손님들이 자리를 잡고 있었다. 카페 옆, 농협의 작은 주차장에도 차들이 빼곡했다. 남자 두 명이 차 밖에서 뻐끔뻐끔 담배를 피우고 있었다.

일곱 시가 되려면 이십여 분을 더 기다려야 했다. 나는 내 쪽을 보고 있는 편의점 주인을 보았다. 주인은 나와 눈이 마주치자 시선을 다른 곳으로 돌렸다. 내가 천장 구석진 곳을 보았다. 반사 거울에 내 모습이 비쳤다. 주인의 의심 섞인 시선이 신경 쓰였으나 카페 맞은편 이곳이 카페를 감시하기에는 가장 적당한 곳이었다. 여차하면 카페 안으로 쳐들어갈 수도 있다. 그들 앞에 나타나 그들을 당황하게 만드는 것도 나쁘지는 않을 것이다.

농협 쪽을 보고 있는데 트럭 한 대가 카페로 다가왔다. 주희 아빠의 차량과 동일했다. 카페 인근 어딘가에서 멈출 줄 알았다. 하지만 차는 유유히 편의점을 지나 사거리 코너로 사라졌다. 허탈한 심정으로 시계를 보았다. 오 분여 남았다. 참고 기다렸다. 다시 봤을 때는 일 분 전 일곱 시였다. 저 멀리서 후줄근한 사내가 다가왔다. 그와 눈이 마주쳤다. 나는 잽싸게 시선을 피했다. 놈이 길을 건너 내 쪽으로 다가왔다. 편의점 문을 열고 들어선 그는 성큼성큼 계산대로 향했다. 그러고는 담배를 찾았다. 그가 나를 보았다. 나는 민망한 기분이 들었다. 다시 카페 쪽을 보았다. 담배를 산 남자는 다른 출입문으로 나갔다. 시계는 이미 일곱 시 오 분을 넘어섰다.

십 분이 지나자, 내 인내도 한계에 다다랐다. 카페 앞에서 기다려볼까, 하는 무모한 생각마저 들었다.

그러던 차에 누군가 카페 쪽으로 걸어오고 있었다. 처음엔 못 알아봤지만 걸음걸이나 체형을 보고 눈치 챘다. 검은 머리로 염색을 하긴 했지만 하얀 늑대다.

그가 카페 안으로 들어갔다.

약간의 시간이 지나고 주희 아빠가 나타났다. 카페로 들어간 주희 아빠는 허연 늑대에게 다가섰다.

주희 아빠가 문득 카페 밖으로 시선을 던졌다.

나는 몸을 돌려 벽 쪽으로 붙어 섰다.

잠시 뒤, 카페 쪽을 훔쳐봤다.

주희 아빠가 흡연실에서 담배를 피우고 있었다.

그들이 카페를 나올 때까지 나는 끈덕지게 기다렸다.

대략 이십여 분이 흐르고, 그들이 카페를 나왔다.

그들의 얼굴은 짐짓 심각해 보였다.

짧은 순간 나는 결정을 내려야 했다. 그들을 뒤따를지 말지.

찢어진 그들은 순식간에 자취를 감췄다.

나는 음료를 쓰레기통에 던지고 편의점을 나왔다.

베네치아 카페로 들어섰다.

"어서 오세요."

통통한 여주인이 인사했다.

나는 흡연실 앞에 섰다.

그러자 멀리 통유리 창으로 편의점이 눈에 들어왔고, 편의점 안에 있는 교복 차림의 여학생 모습이 비쳤다. 기둥에 붙은 전신 벽 거울에.

순간 깨달았다.

그들에게 내 정체를 들켰단 걸.

차로 돌아오는데 처음 보는 번호가 폰에 떴다. 망설이다
받았다.

"안녕하십니까?"

남자는 목이 잠긴 목소리로 말했다.

"김병기라고 합니다."

"예?"

"주희 아빱니다."

나는 할 말을 잃었다.

짧은 침묵을 깨고 그가 용건을 이야기했다.

"혹시 시간 되시면 잠깐 제 집에 오실 수 있습니까?"

"무슨 일이신데요?"

"할 말이 있어서요."

"뭔데요?"

"주희 일로요."

"……?"

"선생님 부인 일이기도 하고요."

내 신경이 곤두섰다.

그때 그의 다급한 목소리가 들렸다.

"저희 집을 알려드려야겠죠? 모르실 테니까."

김병기는 어색함을 웃음으로 지웠다. 그리고는 자신의 집 주소를 친절히 읊었다.

나는 김병기의 집에 도착했다.

차에서 내려 마당으로 들어섰다. 전에 왔던 대로 아무런 기척이 없었다. 방에는 불이 켜져 있었고, 방문은 조금 열려 있었다.

뭔가 낌새가 좋지 않았다. 마당에서 나와 길 쪽을 보았다. 조용했다.

그리고 보면 의심스러운 구석이 많았다.

나는 찬장 안에 있던 칼이 여전히 잘 있는지 확인하고 싶은 충동이 일었다. 부엌으로 향했다. 찬장으로 다가가 문을 열었다. 칼은 그대로 있었다. 찬장 문을 닫고 몸을 돌리는데 누군가 그곳에 있었다.

김병기다.

작은 키에 왜소한 체격. 낮은 코에 걸쳐진 사각 안경이 무겁게 느껴졌다. 두툼한 입술은 살짝 벌어져 있었다.

나는 침착하려 애썼다.

김병기가 말했다.

"죄송합니다. 여기까지 오라 해서."

"아닙니다. 근데 할 얘기란 게 뭡니까?"

"그게 말입니다."

나는 미덥지 않은 얼굴로 김병기를 보았다.

"우선 커피라도 한 잔⋯⋯."

"아니. 괜찮습니다."

"손님인데 그럼 쓰나요."

김병기는 부엌으로 가 전기 포트를 찾았다. 포트에 담겨 있던 물을 개수대에 버리고는 식탁에 있던 생수병의 물을 반쯤 부었다.

그가 나를 보고 흐릿하게 웃었다.

잠시 후, 그와 커피 잔을 사이에 두고 마주 보고 앉았다.

"무슨 일이시죠?"

내가 입을 뗐다.

"그러지 않아도 한번 얘기를 하고 싶던 참이라."

"무슨 얘기요?"

"우리 주희 좀 찾아주세요."

갑작스러운 말에 나는 사무적으로 대꾸했다.

"그건 경찰한테 얘기하셔야죠."

김병기가 수줍게 웃었다.

"경찰은 워낙에 굼떠서. 그 사람들 바쁘다 보니, 우리 같은 사람들 일은 뒤로 밀리기 일쑤라서요."

나는 인상을 찌푸리며 말했다.

"뭐 하나 물어봐도 되겠습니까?"

"뭐든지요."

"제 아내, 여기 왔습니까?"

그가 눈을 끔뻑이며 무슨 말이냐는 듯이 바라봤다.

"제 아내도 주희를 찾으려 했습니다."

그가 선뜻 대답을 하지 못했다.

"아내 사진이 있던데요."

"무슨?"

김병기가 말을 흐렸다.

"잡지에 끼워져 있던데요."

"그 잡지, 내 꺼 아닙니다."

"아니라뇨?"

"난 그런 잡지 보지도 않아요."

"근데, 왜 이 집에 그런 게 있습니까?"

"몰라요. 아마 주희가 갖다 놓은 모양입니다."

그는 이에 대해 더 이상 말하지 않았다.

"아내, 여기 왔었죠?"

김병기는 내 시선을 피했다.

"아뇨."

"진짜요?"

"전화가 온 적은 있어요."

"전화요?"

"예. 주희하고 연락이 안 된다고. 그러면서 주희 어딨냐고 물었습니다."

"그래서요?"

"모른다 캤는데."

"모른다구요?"

"선생님한테 한 부탁을 아내 분한테도 똑같이 했습니다. 딸애를 찾아달라고. 찾아주겠다고 했는데, 어찌 된 게 그게 마지막 통화였습니다."

정말이냐고 물으려다 그만뒀다. 나는 화제를 돌렸다.

"주희가 죽은 사람을 본다고 하던데 진짠가요?"

내 말에 김병기의 눈빛이 돌변했다.

"그 헛소릴 믿어?"

"그게 아니라……."

"완전히 개소리야!"

"주희가 죽은 아들을 봤다고 해서."

"그만!"

김병기가 고개를 마구 휘저었다.

"그따위 얘기 안 믿습니다. 선생님도 제정신이면 그런 말을 믿겠습니까?"

"절대 안 믿죠."

"모두 남 얘기 좋아하는 인간들이 지어낸 헛소리예요."

고개를 크게 끄덕인 나는 다른 말을 해야 했다.

"집에는 혼자 계십니까?"

"아내가 딸 때문에 읍내 병원에 입원해 있어요. 걱정이 이만저만 아니에요."

"만나볼 수 있습니까?"

"만나도 별 도움은 되지 못해요. 기억에 문제가 좀 생겨가."

"무슨 병인데요?"

"주희가 사라지고 스트레스를 심하게 받아서 그런지 기억하는데 좀 문제가 생겼어요. 왜, 있잖아요. 기억상실 그런 거."

"기억상실이요?"

김병기가 고개를 끄덕였다.

"주희가 어디 갔는지 짐작 가는 곳은 없습니까?"

김병기는 대답을 하지 않았다.

"아시는 게 있으면 다 얘기해 주세요. 그래야 주희를 찾을
수 있으니까."

김병기는 망설였다.

"오늘 누구를 만나시던데, 그 사람 누구죠?"

김병기는 이번에도 쉽게 대답을 하지 못했다.

"누굽니까? 그 사람? 미래파랑 관계있는 사람이죠?"

"……?"

김병기는 겁을 집어먹은 얼굴로 나를 보았다.

"하얀 늑대. 왜 만났습니까?"

"……딸애 때문에요."

"주희요?"

"주희의 행방을 알아야 하니까."

"그래서요?"

"그 사람이 뭔가 아는 게 있는가 싶어 만났습니다."

"그 사람이 뭐라고 하던가요?"

"자기도 모른다고. 하지만 거짓말입니다. 미래파 사람들
은 다 그렇거든요."

"어떻게 아시는데요?"

"저도 미래파에 있었거든요."

험상궂은 내 표정에 김병기가 슬며시 털어놓았다.

"한때 잠깐 있었어요. 그때 박천정 그 사람하고 잘 알고 지냈는데, 제가 미래파를 나오려고 하니까 그때부터 문제가 생겼습니다."

"문제라뇨?"

"가만 안 놔두겠다고. 우리 식구들 모두 죽이겠다고 협박했어요."

"미래파에선 왜 이탈하려 했는데요?"

"주희 때문에요."

"주희가 왜요?"

"박천정은 평소에 심령이니 뭐니 하는 그런 초자연적인 것에 관심이 많았어요. 주희가 귀신을 본다는 소문을 듣고는 그 놈이 주희한테 관심을 보인 겁니다. 주희만큼은 건드리지 말라고 화도 내고, 사정도 해봤지만 소용없었어요. 그때쯤 딸애가 사라졌어요."

"그때 사라졌다고요?"

"박천정은 분명 주희를 어딘가로 빼돌린 겁니다. 그래가 주희 있는 데를 알아내려고 박천정을 찾아갔습니다. 당연히 자기는 주희 행방을 모른다고 딱 잡아떼더라구요. 근데 오늘 박천정이 만나자고 했습니다."

"왜요?"

"선생님 때문에요."

"네?"

"부인을 찾는 사람이 우리 집에 오면, 아무 얘기도 하지 말라고. 부인에 관해선 특히."

"왜요?"

"모르겠어요, 그거는."

"근데, 이 얘길 왜 해주는 겁니까?"

"박천정, 그 인간을 믿을 수 없어서."

그러면서 김병기가 덧붙였다.

"박천정은 이미 선생님에 대해 다 알고 있었어요. 선생님이 미래파를 취재했다던데."

나는 답답한 마음에 한숨이 터져 나왔다.

"부인은 아마 우리 주희하고 같이 있을 겁니다. 부인도 그렇고, 우리 주희도 그렇고 박천정은 다 알고 있습니다. 그들이 어디에 있는지."

"그 사람, 어디 가면 만날 수 있습니까?"

김병기는 박천정이 사는 곳을 일러주었다.

"그는 무서운 사람이에요. 미래파에 조금이라도 해가 되는 사람들은 가만히 안 둬요. 그러니 조심해야 돼요."

나는 고개를 끄덕였다. 차로 걸음을 옮기다 말고 멈춰

붉은 커튼

섰다.

김병기를 돌아봤다. 내 시선이 무엇을 의미하는지 알아채기 위해 김병기는 내 눈을 피하지 않았다. 나는 그의 눈동자를 응시한 채 다가갔다. 그런 나를 피해 김병기가 몇 발짝 뒤로 물러섰다.

나는 김병기를 지나 성큼 방으로 들어갔다.

멀뚱히 보고 있던 김병기가 내 뒤를 따라왔다.

내가 부엌으로 가서 찬장 문을 확 열어젖혔다.

그 모습을 보고 김병기가 부엌으로 달려왔다.

나는 찬장에서 과도를 꺼냈다.

김병기가 당황한 얼굴로 나를 쳐다봤다.

"이 칼은 뭐죠?"

김병기는 내 시선을 피했다.

"유상호, 누가 죽였어요?"

"……박천정요."

"근데, 이 칼을 왜 가지고 있는 거죠?"

"그 놈이 내게 맡겼어요."

"그래요? 그럼 박천정은 유상호를 왜 죽였는데요?"

"유상호는 정신이 온전치 못했어요. 약에 중독돼 있었어요. 미래파에 대해 무슨 말을 떠들어댈지 모르니까. 특히 선생님한테. 박천정은 그걸 두려워했습니다. 그러면서 현장에 저를 데려갔어요. 미래파를 배신하면 어떻게 되는지 보여준다고. 유상호를 죽이곤 그 칼을 저한테 줬어요. 아무데나 버렸다간 안 될 것 같아서 집에 갖다놓은 겁니다."

"공범이네요."

"아닙니다. 박천정이 죽인 거라니까요."

칼을 제자리에 두려다 문득 다른 생각이 들었다.

"내가 가져가죠."

"뭐하게요?"

"원래 주인한테 돌려줘야죠."

나는 칼을 신문지에 둘둘 말았다. 다시 집 밖으로 나왔다.

"그러지 마세요."

따라 나온 김병기가 사정했다.

"걱정 마세요. 내가 알아서 할 테니까."

나는 차로 돌아왔다.

김병기는 이러지도 저러지도 못한 채 마당에 서 있었다.

나는 차의 시동을 걸었다.

백미러에 누군가 잡혔다.

형사 남형만이었다. 그는 차 쪽으로 다가오지 않고 그저 보고만 있었다.

나는 문득 신문지에 말린 칼을 알아채곤 칼을 옆 좌석 바닥에 서둘러 놓았다. 그리고 고개를 들다가 화들짝 놀랐다.

　김병기가 열린 조수석 창문 바로 옆에 서 있었나. 김병기의 시선은 바닥에 놓인 칼로 향하다 나와 시선이 마주쳤다.

　나는 얼른 백미러로 시선을 돌렸다.

　형사는 여전히 팔짱을 끼고 서 있었다.

　나는 천천히 액셀러레이터를 밟았다. 남형만의 모습이 조금씩 멀어져갔다. 마침내 내 시야에서 사라졌다.

의심

　나는 박천정의 집 앞에 도착했다. 현관으로 가서 문을 두
드렸다.

　"누구시죠?"

　대답 대신에 문을 다시 두드렸다.

　잠시 뒤, 박천정이 문을 열고 내다봤다.

　"누구시죠?"

　"김나영 씨 남편 됩니다."

　"김나영 씨요?"

　"모르십니까?"

　박천정은 뒤로 물러나며 새까만 머리를 쓸어올렸다.

　"여긴 어쩐 일로?"

　"할 말이 있어 왔습니다."

"뭐, 좋습니다. 일단 들어와요."

박천정은 등받이가 툭 튀어나온 소파를 가리키며 말했다.

"앉으세요."

내가 소파에 앉자, 박천정은 맞은편에 앉아 다리를 꼬았다. 그러고는 저녁 뉴스가 나오는 TV를 껐다.

"주희 아버지를 만났습니다."

"주희 아빠요? 그래, 그 사람하고 무슨 얘길 했는데요?"

박천정은 경계하는 눈길로 반쯤 고개를 기울였다.

"내 아내, 어딨습니까?"

박천정이 딱하다는 표정을 지으며 담배를 꺼냈다.

내게 권했으나 나는 손을 내저었다.

그는 담배를 피웠다. 담배 연기가 공중으로 퍼져갔다.

"어딨어요? 내 아내?"

"왜 나한테 묻지요?"

"알잖아요."

"지호를 만나러 갔습니다."

"지호는 죽었어."

박천정은 딱하다는 얼굴로 나를 봤다.

"그게 부인이 당신을 떠난 이유입니다."

"무슨 말이죠?"

"지호는 육신만 죽었어요. 영혼은 말짱하다구."

박천정은 자기 심장에 손을 갖다 댔다.

"그럼 주희는 어딨는데?"

나는 찡그린 얼굴로 물었다.

"주희?"

"주희가 귀신을 본다고 하던데."

내 말에 박천정이 담배를 꼬나문 채로 시선을 툭 던졌다.

"내 아내는 주희를 만나러 갈산에 왔습니다."

그가 미간을 찌푸렸다.

"주희를 통해 지호를 만날 생각이었으니까."

박천정이 귀를 기울였다.

내가 말했다.

"usb가 있습니다."

"무슨 말이죠?"

"고문 장면이 찍힌."

박천정의 표정이 굳어졌다.

"그걸 갖고 있다고요?"

내가 고개를 끄덕였다.

"어디에 있는데요?"

"내 아내는 어딨죠?"

붉은 커튼

그가 유심히 나를 봤다.

"아내의 피 묻은 옷을 봤습니다."

"걱정 미요. 잘 있으니까."

"주희는요?"

"주희도 잘 있어요."

"그럼 누가 됐든, 목소리라도 들려줘요."

"내가 납치라도 한 것처럼 말하네. 이거 하나는 알아 둬요. 모두 자기가 선택한 거란 걸."

박천정이 묘한 표정을 지었다.

"헛소리 마시죠."

"인간은 다른 인간에 대해 다 안다는 식으로 지껄이지만 사실 그게 그렇게 간단한 문제가 아니잖아."

"무슨 소리야?"

"네 아내에 대해 얼마나 알지?"

"적어도 당신보단 더 많이 알지."

"그런가?"

박천정이 찌푸린 이마를 엄지로 긁적였다.

"혹시, 그 고문 영상도 봤습니까?"

내가 고개를 끄덕였다.

"정말?"

나는 그의 시선을 슬쩍 피했다.

그가 바로 공격해왔다.

"진짜 갖고 있긴 해요?"

"그렇다니까!"

그가 못 믿겠다는 듯 나를 보았다.

"유상호가 usb에 대해 얘기했다구."

그가 보일 듯 말 듯 고개를 끄덕였다.

그가 자리에서 일어섰다.

"그럼, 가져와 봐요. 그러고 나서 부인에 대한 얘길 본격적으로 해 봅시다. 와이프에 대해 얼마나 아는지 들어보고 싶으니까."

그러면서 박청전은 출입문 쪽으로 유유히 걸어갔다.

나는 설명하기 힘든 패배감에 휩싸여 그의 집에서 나왔다. 박천정이 던졌던 질문 하나가 내 머릿속을 헤집었다.

아내에 대해 얼마나 알지.

박천정이 더 깊게 아내에 대해 물어왔다면 말문이 막혀버렸을 것이다. 그의 말처럼 누군가를 잘 안다는 건 착각에 지날지 모른다.

불 켜진 창가에 박천정이 우두커니 서 있었다. 그의 눈빛이 무척 싸늘하게 느껴졌다.

붉은 커튼

차 문을 열고 운전석에 처박혔다.

아내의 행방을 알기 위해 보지도 못한 고문 영상으로 밑밥을 던졌는데, 그는 단연 관심을 보였다. 미래파의 범죄 장면이 담겼으니 당연한 거겠지. 거기다 사이가 틀어진 최현자까지 등장한다니.

박천정은 여전히 창가에 서서 나를 지켜보고 있었다. 내가 어떻게 하는지 지켜보는 듯했다.

아내에 대해 얼마나 알지.

박천정이 지껄인 이 말이 다시 뇌리를 스쳤다.

이 모든 건 박천정의 수작이다.

나를 가지고 장난치고 있다는 생각이 불쑥 솟구쳤다.

차에서 내렸다. 다시 그가 있는 집으로 향했다.

벌컥 현관문을 열어젖히고 들어갔다.

"어딨어? 내 아내 어딨냐고!"

박천정은 대꾸도 없이 피식 웃었다.

나는 놈의 멱살을 잡아챘다.

그가 내 손을 거세게 뿌리쳤다.

그의 목덜미를 누르고 벽으로 그를 밀어붙였다. 바다 풍경화가 담긴 액자가 크게 흔들렸다.

그가 내 목으로 손을 뻗었다. 그는 예상외로 힘이 셌다.

그는 내 팔을 아래로 짓눌렀다. 내 손에서 서서히 힘이 빠져나갔다. 나는 팔을 늘어뜨렸다. 한발 물러섰다가 다시 그에게 다가섰다.

그때 창가에서 그림자 비슷한 게 어른거렸다. 그쪽으로 시선이 쏠렸다. 그 찰나 뭉툭한 무엇이 내 얼굴을 덮쳤다.

나는 그대로 나자빠지고 말았다.

얼마나 시간이 지났을까.

나는 관자놀이를 관통당한 고통을 느끼며 힘겹게 눈을 떴다.

쏟아지는 형광등 불빛에 눈을 감았다 떴다. 팔꿈치로 몸을 지탱하고 주위를 둘러봤다. 박천정의 집 거실이었다. 쓰러진 뒤로 줄곧 여기 움츠린 채 누워 있었던 모양이다. 오한이 느껴졌다.

사방은 섬뜩할 만큼 조용했다. 집에는 아무도 없는 것 같았다.

얼른 이곳을 나가야 한다는 생각이 엄습했다.

그런데 살짝 열린 안방이 보였다.

왠지 그 방이 눈에 밟혔다.

조심스레 그 방으로 걸어갔다. 불은 꺼져 있었다.

붉은 커튼

천천히 문을 열었다. 방은 자신의 내부를 수줍게 드러내 보였다.

방 한가운데 누군가 누워 있었다.

박천정이었다.

그는 꼼짝도 하지 않고 가만히 누워 있었다.

누워 있는 그의 곁으로 다가갔다.

그는 전혀 움직이지 않았다. 살짝 미소를 머금고 있었다. 그의 목과 머리 주위로 핏물이 둥글넓적하게 퍼져 있었다.

죽었다.

박천정 옆에는 피 묻은 과도가 놓여 있었다. 내 차에 있던 칼이다.

나는 주위를 살폈다. 누군가 나를 지켜보고 있다는 불길한 기분이 솟구쳤다. 속이 울렁거려 헛구역질이 나왔다.

아까 창문 밖에서 어른거렸던 누군가가 떠올랐다. 그 자가 들어와 박천정을 죽였다. 꼼짝없이 누명을 뒤집어쓰게 생겼다. 나는 박천정 옆에 놓인 과도를 어떻게 할까 고민하다 챙겨 나왔다. 내 차에 있던 칼이니 내가 의심받을지도 모른다는 우려 때문이었다.

차로 달려왔다.

차에 올라타기 전 주위를 다시 한 번 살폈다.

아무도 없었다.

부리나케 차에 올라 조수석 자리 밑에 칼을 숨겼다.

다음 날 오전, 전화 한 통이 걸려왔다.

서지은이었다.

나는 마음을 가다듬고 태연히 전화를 받았다.

서지은이 물었다.

"어디세요?"

"숙소인데요."

"혹시 박천정 만났어요?"

"예. 만났습니다. 주희 아빠가 말했거든요. 아내가 어디 있는지 박천정이 알 거라고."

"그 사람이 뭐라던가요?"

"말은 안 했지만 아내가 어디 있는지 아는 것 같았습니다."

"어떻게 할 생각인데요?"

"모르겠어요."

"조심해야 할 거예요. 박천정은 만만한 사람이 아니에요."

"그러죠."

그녀는 전화를 끊었다.

박천정의 죽음을 경찰에 신고하는 문제로 고민하고 있는

붉은 커튼

데 묵직한 노크 소리가 내 방을 침범했다. 조심스레 문으로 접근했다.

불쾌한 노크 소리가 심장을 후려갈겼다.

"경찰입니다."

문 여는 것을 지체하면 쓸데없는 의심만 살 것이다. 나는 즉시 문을 열었다.

땅딸막한 정복 차림의 중년 남자. 그리고 그 옆에 선 남형만. 그가 날카롭게 나를 보았다.

나는 그를 의식하면서 중년 경찰에게 물었다.

"무슨 일로?"

"어제 박천정 만났습니까?"

다짜고짜 중년 경찰이 물었다.

나는 질문의 의도를 모르겠다는 듯 경찰을 멀뚱히 보았다.

남형만이 집으로 들어오려 했다.

나는 남형만을 제지하듯 그의 앞을 가로막고 섰다.

"왜 이래요?"

남형만이 나를 밀치며 방으로 들어섰다.

"도대체 왜 이래요?"

남형만이 홱 돌아봤다.

"박천정이 죽었습니다."

"주, 죽었다고요?"

짐짓 충격을 받았다는 표정으로 반문했다.

"뭘 놀라는 표정을 짓고 그래요? 어제 박천정 만났죠?"

거짓말을 하면 불리할 거라는 생각이 들었다.

"제 아내 일로 만나긴 했습니다."

"아내 일?"

"박천정이 사라진 아내에 대해 뭔가 알고 있었거든요."

"그래, 박천정이 뭐라고 하던가요?"

"박천정은 대답해 주지 않았어요."

"당연하지. 모르니까."

중년 경찰이 끼어들었다.

"모두 당신이 오해를 해서 일어난 일이라. 어디서 이상한
얘길 듣고 박천정을 의심한 모양인데, 박천정은 깨끗한 사
람이에요. 한마디로 좋은 사람이라는 거지."

"좋은 사람이요?"

"그래요. 당신이 오해한 겁니다."

이번엔 남형만이 물었다.

"그래, 박천정은 어디서 만났습니까?"

"그 사람 집에서요."

남형만이 보일 듯 말 듯 고개를 끄덕였다.

"박천정의 집에서 나온 게 몇 시였죠?"

"그게, 그러니까 밤 9시 좀 넘어서였어요."

"확실해요?"

"예. 거짓말 할 이유가 없잖아요."

"근데 말이에요. 박천정 집 근처 도로에 CCTV가 설치돼 있거든요. 당신 차가 찍힌 시간은 10시가 훌쩍 넘었던데."

남형만이 연이어 물었다.

"박천정하고 단 둘이서 도대체 뭐한 거예요? 9시 전에 그 집에 갔으면 거기서 꽤 오래 머물렀단 말인데?"

나는 말문이 막혔다. 마땅한 답이 떠오르지 않았다.

"그거야……."

내가 머뭇거리자 남형만이 치고 들어왔다.

"도대체 박천정하고 뭘 한 겁니까?"

궁지에 몰린 내가 말했다.

"박천정하고 약간의 언쟁이 있었습니다. 아내의 소재에 대해 물었는데 모른다고 하길래. 근데 그 와중에 창문 쪽에 누가 있는 거 같아서 그쪽을 봤다가 그만 박천정한테 공격을 당했어요. 깨어나 보니까……."

"깨어나 보니까?"

"박천정이 죽어 있었습니다."

남형만이 실소했다.

"깨어나 보니까 박천정이 죽어 있었다?"

"사실입니다."

"근데 왜 신고를 안 한 건데요?"

중년 경찰이 물었다.

"그러니까, 그게."

남형만이 물끄러미 나를 지켜봤다.

"그러니까 그게 지체된 겁니다. 신고를 하려 했어요. 근데 너무 늦어버렸어요."

나는 대답을 하고 나서 궁색하다는 생각이 들었다.

"너무 늦어버렸다?"

남형만이 삐쭉 입술을 내밀었다.

"어디 가지 마세요. 다시 보게 될 테니까."

중년 경찰이 말했다.

"내가 한 짓이 아니라니까요!"

"누가 그랬답니까?"

"날 의심하잖아요. 지금."

"누가요?"

"아닙니까?"

"물론 유력한 용의자긴 하지."

중년 경찰이 중얼댔다.

"전에도 얘기했지만 와이프 찾는다고 여기저기 쑤시고 다니지 마세요."

남형만이 톡 쏘고는 밖으로 나갔다.

커튼을 약간 젖혀 차를 몰고 가는 경찰의 모습을 지켜봤다.

그들이 완전히 사라지고 나서 털썩 바닥에 주저앉았다. 멍하니 맞은편 노란 꽃무늬 벽을 보았다. 갈산에 와서 벌어진 일들이 주마등처럼 스쳤다.

얼마 있지 않아 전화벨이 울렸다.

내가 전화를 받자마자 서지은이 말했다.

"박천정이 죽었어요."

"알고 있습니다."

"알고 있다고요?"

"예. 발견도 내가 했어요."

"뭐라구요?"

서지은에게 자초지종을 설명했다.

"혹시 짐작 가는 사람 없습니까?"

"없어요. 하지만 미래파와 연관이 있겠죠."

"방금 경찰이 다녀갔습니다."

"경찰이요?"

"날 범인으로 몰더군요."

"어처구니가 없네요."

나는 서글프게 웃었다.

"어쨌든 일이 꼬였어요. 박천정은 아내가 어디 있는지 알고 있었어요."

"그렇겠죠. 그걸 당신한테 말하려다 일을 당한 거겠죠."

그럴 수도 있다. 박천정은 결국 아내에 대해 뭔가 얘길 꺼냈을 것이다. 누군가 그런 박천정의 입을 영원히 막아버린 것이다.

"여보세요?"

폰 너머 서지은의 목소리가 또렷해졌다.

"예에."

나는 말을 흐렸다.

서지은의 한숨 소리가 들리는가 싶더니 곧 그 목소리에 힘이 들어갔다.

"박천정 애길 해준 사람이 누구였죠?"

"주희 아빠요."

"근데 너무 자연스럽지 않아요?"

"뭐가요?"

"주희 아빠 애길 듣고 박천정을 찾아갔잖아요. 근데 박천정이 죽은 거죠."

듣고 보니 그랬다.

"어쨌든 만나서 얘기해요."

서지은이 말했다.

"알겠습니다."

전화가 끊겼다.

김병기.

그가 박천정에 대한 얘길 지껄였다. 아내의 행방에 대해 박천정이 알고 있을 거라고. 어쩌면 잘 짜인 각본처럼.

아내의 행방을 미끼로 그는 나를 박천정에게 이끌었다. 그리고 그의 죽음을 목격하게 했다.

나는 곧장 미잠으로 향했다.

김병기는 당연히 집에 없었다.

방문은 열려 있었다.

나는 마루에 걸터앉아 방을 들여다보았다. 탁자에 놓인 사진 속 주희에게 눈이 갔다. 신발을 벗고 방으로 들어섰다. 사진 액자를 손에 쥐었다. 김주희는 초롱초롱한 눈빛으로 나를 보고 있었다. 입가엔 잔잔한 미소가 어려 있었다. 나를 꿰뚫어 보고 있다는 생각은 착각일까. 나는 섬뜩함에 액자를 얼른 내려놓았다.

나는 김주희의 방으로 들어갔다.

방은 정갈했다.

책꽂이엔 참고서와 소설책 등이 꽂혀 있었다. 그 책들 사이에서 붉은 노트 한 권이 내 눈에 들어왔다. 노트를 펼쳐들었다. 초등학생이 쓴 일종의 일기였다. 학교에서 있었던 사소한 애기들이 적혀 있었다. 몇 장을 더 넘겼을 때, 자신을 괴롭힌 애들을 저주하는 글이 줄줄이 나왔다. 그냥 지나칠 수 없는 문구 하나를 발견했다. 빨간 약. 고모가 줬다는 빨간 약. 적힌 내용을 읽어가다 문득 깨달았다. 놀랍게도 그고모는 미래학교 교장 최현자였다.

일기장은 영우의 것이었다. 얼마 전, 아빠와 함께 죽은 영우. 그러니까 영우 아버지는 최현자의 동생이었다.

분명 이 일기엔 최현자에 대한 애기가 적혀 있을 것이다. 다음 페이지를 넘기려는데, 불길한 느낌이 끼쳤다.

나는 방문 안쪽에 바짝 붙어 섰다.

김병기가 마루에 서 있었다. 그의 발소리가 들렸다. 소리는 문 앞에서 완전히 멈췄다.

그때 바라지 않던 일이 일어났다.

주희의 방문이 열리고 있었다.

김병기가 성큼 안으로 들어섰다.

나는 벽 안쪽으로 걸음을 옮기며, 노트를 바지 뒷주머니에 깊이 찔러 넣었다.

김병기가 주희의 책상 쪽으로 향했다. 그의 뒷모습이 노출됐다. 김병기가 멈춰 선 채 천천히 고개를 돌렸다.

나는 잔뜩 긴장한 채 김병기를 보았다.

김병기가 나를 죽 훑어보았다.

나는 어설픈 웃음을 지었다.

"여긴 어쩐 일이십니까?"

그렇게 물으며 김병기가 물러섰다.

먼저 나가라는 의도다.

김병기의 의도대로라면 바지 뒷주머니에 꽂힌 노트가 들통 난다. 내가 움직이지 않고 서 있자, 그가 의아한 표정으로 나를 봤다.

"어디 불편하십니까?"

나는 한 발짝 더 움직였다.

김병기가 살짝 한 발짝 뒤로 물러섰다. 먼저 가라는 듯.

나는 망설이듯 발을 뗐다.

그는 내 움직임 하나하나를 살피고 있었다.

곧이어 나는 그에게 내 뒷모습을 내주고 말았다.

김병기의 시선이 내 엉덩이에 쏠렸고, 뒷주머니에 꽂힌 노트를 발견했다.

노트를 보던 그의 시선과 내 시선이 마주쳤다.

내 짐작대로 그가 노트로 손을 뻗쳤다. 나는 그의 손을 뿌리치고 밖으로 뛰쳐나왔다. 김병기가 후닥닥 달려와 내 허리춤을 붙들었다. 나는 마루에 자빠지고 말았다. 김병기가 나를 돌려 눕혀 내 목을 세게 눌렀다. 노트가 내 손에서 빠져나갔다. 내가 노트로 손을 뻗자, 김병기가 노트를 저만치 밀어버렸다. 그 순간에 나는 몸을 틀었다. 김병기가 중심을 잃고 팔을 헛짚어 고꾸라졌다. 나는 그의 머리를 무릎으로 누르고 그를 넘었다. 나는 노트를 낚아채 집 밖으로 뛰쳐나왔다. 신발을 구겨 신고 돌아섰을 때, 김병기가 날쌘 짐승처럼 달려들었다.

나는 벽에 세워져 있던 삽을 들고 마구 휘둘렀다. 김병기가 내게 접근하지 못하고 공격할 틈만 노리고 있었다.

나는 슬금슬금 뒷걸음질을 치며 차 쪽으로 이동했다. 차 문을 열었다.

그러자 김병기가 조수석으로 달려와 문을 벌컥 열어젖혔다.

"내놔!"

김병기가 인상을 찌푸리며 달라는 손짓을 했다.

"내놓으라구!"

나는 슬금슬금 눈치를 살폈다. 그러다 차 뒤편 풀숲으로 뛰기 시작했다.

김병기가 내 뒤를 따라오기 시작했다.

나무 사이를 피해 김병기에게서 벗어나려 힘껏 달렸다. 산길에서 벗어나 비탈로 들어섰다가 죽 미끄러졌다. 김병기의 발소리가 끈덕지게 따라붙었다. 빽빽하게 들어찬 나뭇가지를 피했다. 김병기는 노련하게 바로 뒤까지 따라 붙었다. 나를 덮쳤다.

나는 앞으로 자빠졌다. 그가 내 바지에서 노트를 뺐다. 나는 빼앗긴 노트를 낚아채려다 벌러덩 나뒹굴었다. 김병기가 달려들어 내 멱살을 붙들었다. 내 얼굴로 연거푸 주먹이 날아왔다. 나는 밑에서 저항했으나 연거푸 날아오는 김병기의 주먹질에 정신을 차릴 수 없었다.

내가 완전히 뻗어버리자, 김병기가 주먹질을 멈추고 노트를 손에 들었다.

나는 곁눈질로 본 돌을 손에 넣었다. 김병기의 얼굴을 향해 날렸다. 그가 뒤로 자빠졌다. 그가 이마를 손으로 감싸고 어깨를 움츠렸다. 나는 그의 얼굴을 걷어차 버렸다.

내가 몸을 일으켰을 때 뭉툭한 것이 나를 가격했다.

쓰러진 나를 누군가 붙들었다. 나는 몸부림을 쳤다. 그리고 숨이 컥, 막힐 듯한 충격이 복부에서 느껴졌다. 두꺼운 두건이 내 얼굴로 덮쳐왔다.

불타는 집

눈을 떴다.

온통 새까맸다.

두건이 휙 벗겨지는가 싶더니 두꺼운 천 같은 것이 내 얼굴을 다시 덮쳤다. 코를 강하게 자극하는 향긋한 냄새가 내 감각을 마비시켰다.

한없이 몽롱했다.

그러다 스스로 놀라 번뜻 정신을 차렸다.

낯익은 누군가가 내 시야로 들어왔다.

김병기였다.

한 명의 사내가 더 있다. 남형만이었다.

"어딨어?"

남형만이 물었다.

"뭘?"

"고문 동영상."

"몰라."

"박천정한테 얘기했잖아. 가지고 있다고."

"무슨 말이야?"

당황한 내가 반문했다.

"박천정 도청당하는 거 몰랐나 보네."

"너도 미래파지? 네가 죽였지? 박천정."

"딴소리 말고 어딨냐니까?"

"몰라."

"모른다고?"

나는 그렇다고 고개를 크게 끄덕였다.

"그럼, 왜 그딴 구라를 깠지?"

"내 아내를 찾으려고."

내 대답에 김병기가 갑자기 목청을 높였다.

"어딨냐니까?"

그러면서 김병기가 내 가슴에 발길질을 했다.

나는 묶인 의자와 함께 벌러덩 뒤로 자빠졌다.

김병기가 내 목덜미를 발로 밟았다.

"말해! 이 새끼야!"

김병기가 휘두르는 폭력은 뭔가를 알아내기 위한 수단이 아니었다. 김병기는 그저 억누르고 있던 자신의 분노를 마구 폭발시키고 있었다.

"어딨냐니까!"

짐승이 내지르는 듯한 괴성이 김병기의 입에서 튀어나왔다. 탄식을 내뱉는 울부짖음 같기도 했다.

김병기가 구석으로 내달렸다. 그리고 돌아선 그의 손에는 낫이 들려 있었다. 당장에라도 내 머리 위로 날아올 듯했다. 나도 모르게 눈을 질끈 감았다.

남형만이 낫으로 나를 내려치려는 김병기의 팔을 잡아챘다.

남형만이 낫을 빼앗아 멀리 던져버렸다. 남형만이 그의 어깨를 다독였다.

"오늘은 이만하자구."

김병기가 찡그린 얼굴로 돌아섰다.

남형만은 나가는 그의 뒤를 따라서 밖으로 나갔다.

철문이 철컹 닫혔다.

나는 주위를 둘러봤다. 어두침침했다. 여기 갇혀 죽는다면 아무도 찾지 못할 듯했다. 다시 사방을 둘러봤다. 울퉁불퉁 시멘트 발린 흰 벽에는 핏자국처럼 보이는 검붉은 흔적들이 점점이 묻어 있었다. 핏자국은 벽 아래에도 묻어 있었다. 나는 그쪽으로 고개를 숙였다. 으깨진 바닥 밑으로 흙이 보였다.

고문실이다.

불현듯 누군가의 몸부림이 느껴지는 듯했다. 여기에 갇혀 있던. 미래파 일당에게 고문을 당했던 자들의 흔적처럼 느껴졌다.

그때 저 구석에서 뭔가를 발견했다. 낫이다. 흥분한 김병기 때문에 남형만은 낫을 챙기는 걸 깜빡한 모양이었다.

나는 낫이 있는 곳으로 꿈틀대며 다가갔다. 드디어 낫을 쥐었다.

밧줄에서 벗어난 나는 깨진 바닥 구석으로 다가갔다. 벽과 바닥 사이의 틈을 파헤쳤다. 서늘한 흙을 가만히 비벼보았다. 벽을 힘껏 쳤더니 벽 일부에 구멍이 생겼다. 개구멍이다. 최대한 몸을 수그리면 빠져나갈 수 있을 것 같았다.

나는 기다시피 해서 안쪽으로 들어갔다. 맞은편에 쪽문이 있었다. 쪽문으로 달려가 힘껏 밀었다. 문은 꼼짝도 하지 않았다. 부풀어 올랐던 기대가 산산조각 났다. 나는 철로 된 쪽문을 열기 위해 있는 힘껏 문을 부딪쳤지만 허사였다. 도리어 부딪친 충격만 되돌아왔다.

붉은 커튼

김병기 일당이 개구멍을 열어놓은 건, 여기 갇힌 자들에게 일말의 희망을 품게 할 목적이었을지 모른다. 희망은 곧 커다란 설망으로 바뀌어버릴 테고, 그림 탈출하려는 의욕도 완전히 꺾인다.

어떻게 시간이 가는지도 몰랐다. 배가 고픈 것도 망각했다. 잠도 오지 않았다. 목만 죽도록 탔다.

철문이 다시 열리고 김병기가 들어왔다.

"어딨노?"

질문은 같았다.

나는 의자에 묶인 척 앉아 있었다.

"어댔냐니까!"

김병기가 윽박질렀다.

"몰라."

"유상호가 얘기했잖아!"

"그, 그건······."

김병기가 갈색 사무용 가방에서 뭔가를 덥석 꺼냈다.

주사기였다. 유상호가 맞았다는 환각제. 하얀 늑대.

"환각 상태에선 다 불게 돼 있어. 주사를 맞고도 안 불면 진짜 모르는 거지."

남형만이 회의적인 낯빛으로 김병기를 쳐다봤다.

"좋아. 꽉 잡아."

생각을 고쳐먹었는지 남형만이 김병기에게 말했다.

김병기가 내 팔을 잡으려했다. 나는 그를 밀치고 개구멍이 있는 곳으로 무작정 튀었다. 구멍 틈을 개처럼 파고들었다.

김병기가 따라붙었다.

나는 쪽문으로 쫓아갔다.

절망의 몸짓으로 힘껏 문을 밀쳤다.

문 밖으로 확 밀려 나가 푹 자빠졌다. 잠겨 있을 줄 알았던 문이 열려 있었던 것이다.

김병기와 남형만이 나를 쫓아오고 있었다.

나는 산비탈을 기어올라 내리막길로 달음박질쳤다.

내가 갇혔던 곳은 붉은 철문의 낡은 창고였다.

등 뒤에서 들려오는 웬 여자의 비명이 내 발길을 붙들었다.

서지은이었다.

그녀는 남형만에게 머리채를 붙잡혀 질질 끌려가고 있었다. 그녀는 남형만의 팔뚝을 붙들고 있었다.

그가 사납게 나를 노려봤다.

"잡아!"

남형만이 김병기에게 소리쳤다.

나는 도망쳤다. 경사가 심한 비탈길에서 미끄러지듯 뒹

붉은 커튼

굴다 소나무에 부딪쳤다. 산 아래로 도로가 보였다. 나는 산 가장자리를 따라 뛰었다. 이대로 죽 내려가면 대로가 나올 것이다. 승용차 한 대가 쏜살같이 지나갔다. 나는 도로 중앙에 서서 지나가는 1톤 트럭을 잡아 세웠다.

트럭에 타고서야 나는 남형만에게 붙잡혀 있던 서지은 생각이 났다.

나는 서지은에게 전화를 했다.

남형만이 받았다.

"서지은은?"

"이제야 걱정이 되는 모양이지?"

"동영상 어딨는지, 말해줄 테니까 그 여자 풀어줘."

"거짓말하지 마."

"거짓말 아니야."

"모르잖아."

"아니야."

"진짜야?"

"그래."

"어딨는데?"

"영우 집."

나는 불쑥 떠오른 장소를 내뱉었다.

"영우 집?"

"그래. 거기 있어."

"진짜야?"

"그렇다니까."

"없으면?"

그의 피식 웃는 소리가 들려왔다.

"있다니까."

"없으면 알아서 해."

남형만은 전화를 끊었다.

그 이후로 그의 전화는 걸려오지 않았다. 상황이 궁금한 내가 전화를 걸었지만 남형만은 전화를 받지도 않았다.

차를 타고 갈산을 돌아다녔다. 정해진 방향은 없었다. 초조한 기분에 그랬다. 그저 남형만의 전화만 기다렸다.

남형만이 영우의 집으로 갔다면 아무 것도 발견하지 못했을 것이다. 그럼 분명 전화를 해올 텐데. 하지만 그에게선 전화가 오지 않았다.

십여 분 뒤 전화가 왔다. 남형만이었다.

내가 전화를 받자마자 그가 중얼거렸다.

"역시 없던데. 하긴 기대도 안했어."

나는 아무 대꾸도 하지 않았다.

"거짓말 한 대가는 치러야겠지."

"무슨 말이야?"

"영우 집으로 와."

나는 할 수 없이 영우의 집으로 차를 몰았다.

영우의 집 근처에 이르자, 어디선가 시커먼 연기가 피어 오르고 있었다. 영우의 집으로 다가갈수록 연기의 실체가 드러났다.

그 사이 번진 불길이 영우의 집을 집어삼키고 있었다. 제 세상을 만난 듯 활활 타올랐다.

주민들이 발을 동동 구르며 불타는 광경을 바라보고 있 었다.

나는 불타는 집을 멍하니 지켜봤다. 맹렬한 기세로 타고 있던 불은 검은 연기를 사방으로 흩뿌려댔다. 지독한 냄새 가 코를 찔렀다. 집 구석구석 붙어있던 곰팡이 흔적들이 사 방팔방으로 날뛰는 것만 같았다.

이곳이 영우의 집이란 걸 깜빡 잊을 정도로 불타는 집에 넋을 뺏겼다. 그때 누군가 내 어깨를 치고 갔다. 돌아보니, 남형만이었다.

나를 흘깃 본 그가 집 쪽으로 시선을 던졌다.

나는 불타는 집을 보다가 다시 남형만을 보았다.

그의 시선은 불타는 집에 고정되어 있었다. 그러다 나를 보았다.

그의 시선과 마주한 순간 불길한 생각이 스쳤다.

나는 본능적으로 불길 속으로 뛰어들었다.

시커먼 연기가 방을 가득 메우고 있었다.

황급히 주변을 살핀 나는 영우의 방문을 열어젖혔다.

방 한가운데 서지은이 누워 있었다.

내가 아무리 흔들어도 그녀는 일어날 생각을 하지 못했다. 그녀를 둘러업었다.

시커먼 연기에 휩싸였다.

휘청거리는 걸음으로 겨우 빠져나왔다. 누군가 달려와 서지은을 안전한 곳으로 옮겼다. 나는 털썩 주저앉아 솟구친 헛구역질을 해댔다. 고개를 들었을 때, 눈물 맺힌 눈에 누군가 흔들려 보였다.

남형만이었다.

그는 사람들 틈에 섞여 나를 보고 있었다. 잔인한 눈빛이다. 여기저기서 터져 나오는 고함과 타들어가는 소음에도 그의 눈동자는 흔들림 없이 강렬했다.

근처에는 김병기도 있었다. 나와 시선을 마주한 김병기

는 슬쩍 내 시선을 피했다. 나는 김병기를 노려봤다. 그는 고개를 숙였다.

미쳐 날뛰는 불길 속에 영우의 집은 검게 변해갔다. 그 집에 얽힌 모든 것이 잿더미에 파묻혀 시시각각 사라졌다.

서지은은 구급차 안에서 축 늘어져 있었다.

검은 머리칼로 뒤덮인 그녀의 얼굴이 처량해 보였다.

불현듯 아내의 얼굴이 스쳤다.

뺑소니 사고로 어린 지호가 죽었다. 아내의 방황은 길었다. 아내는 틈만 나면 죽은 지호 얘기를 꺼냈고, 그럴 때마다 나는 의도적으로 피했다. 아내가 지호 침대에서 다량의 수면제를 먹고 쓰러졌을 때, 나는 아내를 구급차에 실려 보냈다.

구급차에서 본 아내의 얼굴. 검은 머리칼이 어지러이 뒤덮인 아내의 창백한 얼굴.

아내는 다시 집으로 돌아왔고, 그 사이 아내는 변해 있었다.

나는 아이를 갖고 싶었지만 아내는 거부했다. 내가 그런 뜻을 비쳤을 때 아내는 경멸하듯 나를 보았다.

이번엔 아내가 일에 매달렸다. 미친 듯이 학교 일에 매달렸다. 이번엔 내가 의욕을 잃었다. 모든 일에 의욕을 잃어버렸다.

아내와 나는 그렇게 어긋났다.

서지은을 실은 구급차가 떠났다. 사람들 틈에 섞여 있던 남형만과 김병기는 보이지 않았다.

불길이 지나간 자리엔 집의 흔적만이 남았을 뿐, 모든 것이 허망하게 사라지고 없었다.

사람들은 화재에 대해 이러쿵저러쿵 지껄였다. 누군가의 입에서 방화라는 말이 흘러나왔다.

"누가 불을 냈는지 봤는가?"

"못 봤지만 그런 생각이 들어서."

"괜한 말 마. 누가 일부러 불을 낸다꼬. 애들이 놀다가 실수로 불을 낸지도 모르잖아."

"미친놈들 중에는 지가 불을 내고 좋아라하는 놈들도 있다던데."

"그런 놈이 우리 마을에 어디 있나?"

마을 사람들은 추측의 말을 아무렇게나 늘어놓았다. 그러다 나를 힐끔거리는 눈초리로 쳐다봤다.

붉은 커튼

아들의 목소리

한 시간여 뒤, 서지은이 입원한 병원에 도착했다.

나는 병실로 들어섰다.

서지은이 인기척 소리에 눈을 뜨고 나를 바라보았다.

"몸은 좀 괜찮아요?"

서지은은 말없이 고개를 끄덕였다.

"미안해요. 나만 도망쳐서."

"아니에요."

"내가 거기 갇힌 건, 어떻게 안 겁니까?"

"약속한 거 잊었어요? 아무리 기다려도 안 와서 무슨 일이 생겼다고 생각했어요. 주희 아빠 생각이 나더라구요. 수상한 낌새에 주희 아빠를 미행했어요."

서지은이 나직이 덧붙였다.

"불 속에서 구해줘서 고마워요."

"아무리 흔들어도 정신을 못 차리더군요."

"주희 아빠가 어떤 약을 먹였어요."

"약이요?"

"네."

"어떤 약인지 기억해요?"

"아뇨. 모르겠어요."

김병기 얘기가 나오는 바람에 그의 집에서 발견한 영우의 노트가 떠올랐다.

"주희 집에서 영우 노트를 발견했는데요."

"영우 노트를요?"

"근데, 그게 왜 거기 있었는지 모르겠습니다."

"어쩌면 정윤이가 알지도 몰라요."

"정윤이가요?"

서지은이 고개를 끄덕였다.

"정윤이는 영우하고 친구였으니까요."

"정윤이를 한번 만나봐야겠네요. 그럼, 몸조리 잘해요."

"그럴게요. 그래야 다시 합류하죠."

서지은이 희미하게 미소를 지었다.

나는 정윤의 집으로 차를 몰았다.

아이는 마침 집에 있었다.

"잘 지냈어?"

내 인사에 정윤이 머뭇거렸다. 반지 사건이 여전히 마음에 걸리는 모양이었다.

"그 반지는 신경 안 써도 돼. 오늘 온 건 다른 일 때문이야."

정윤이 나를 보았다.

"주희 언니 집에 영우 노트가 있었거든. 혹시 아는 거 있니?"

"영우하고 주희 언니하고 같이 놀곤 했어요. 언니가 공부도 가르쳐줬고요."

"공부를 가르쳐줬다고?"

"아줌마도 같이 있었어요."

"아줌마?"

"네. 아줌마가 간식도 줬어요."

"아줌마면 주희 언니 엄마?"

정윤이 고개를 끄덕였다.

"그렇구나. 고마워."

나는 손을 흔들며 정윤의 집에서 나왔다.

전에 김병기한테서 들은 얘기가 떠올랐다. 김주희 엄마가 병원에 있다는.

나는 읍내에 있는 요양병원을 모두 돌아다닌 끝에 주희 엄마가 입원한 병원을 찾아냈다. 읍내에서 멀지 않은 병원이었다.

밝은 바다색 벽지가 발린 복도를 따라 병실로 들어서자, 창가 바로 옆에 주희 엄마가 누워 있었다.

나를 안내한 여직원이 사무실로 돌아간 뒤에, 나는 주희 엄마에게 다가갔다. 초췌하고 깡마른 얼굴의 여자가 내 쪽으로 힘없는 시선을 던졌다.

"주희 일로 왔습니다."

죽어 있던 여자의 눈에 생기가 반짝 돌았다.

"주희 일로 뭘 좀 물어보고 싶은데요."

여자는 대답 대신 혼란스러운 표정과 눈빛을 보였다.

"기억을 잘 못하는 거 같던데."

옆에 누워 있던 짙은 파마머리의 나이 든 여자가 대신 말했다.

"딸이 보고 싶다는 말만 하거든요."

나는 주희 엄마를 물끄러미 바라봤다.

주희 엄마가 몸을 일으키려고 애를 썼다. 내게 무슨 말을

붉은 커튼

전하려 하는 듯했다. 나는 여자 가까이 귀를 갖다 댔다.

　여자는 주변을 한 번 힐긋거리고는 내 귓가에 속삭였다.

　"아무도 믿으면 안 돼."

　"예?"

　"날 감시해. 모든 걸 일러바쳐. 여기 있는 사람들이."

　"무슨 말입니까?"

　"주희 아빠가 준 약이 있어."

　"약이요?"

　"그걸 먹어야 안 아파."

　"어떤 약인데요?"

　"빨갛고 작은 약이야."

　여자가 무슨 약을 말하는지, 나는 알 것 같았다. 미래파에서 신자들에게 줬다는 그 약이다.

　"그 약, 어딨는데요? 알아야 제가 갖다 드리죠."

　"정말 갖다 줄 거야? 내 집에 가면 있어. 그거 먹으면 나을 거야."

　여자가 해맑은 얼굴로 말했다.

　나는 병원을 나와 곧장 미잠으로 향했다.

　김주희의 집 근처에 차를 세웠다.

풍비박산이 난 집에서 느낄 수 있는 유일한 추억은 액자에 간힌 가족사진뿐이었다. 우리 집처럼 말이다. 그래서인지 미소 짓고 있는 주희의 모습이 서글프게 느껴졌다.

나는 좁은 마루에 발을 디뎠다.

방문은 반쯤 열려 있었다. 그 안으로 들어갔다.

그리고 약이 있을 만한 곳을 뒤졌다. 비상구급약 같은 것은 찾아냈지만 주희 엄마가 말한 빨간 약은 없었다.

장롱의 이불까지 뒤졌지만 그 비슷한 약도 없었다.

주희의 방에서 책상을 뒤적거리다 그 안의 내용물을 그만 확 쏟고 말았다. 볼펜과 수첩들이 쏟아져 나왔다. 수첩 사이에 있던 것이 바닥으로 툭 떨어졌다.

usb.

나는 그것을 주워 유심히 살폈다.

거실에 있는 TV에 usb를 꽂았다.

잠시 뒤, 화면이 나왔다.

남자 개그맨들이 몸을 배배 꼬면서 몸 개그를 펼치고, 방청석에서는 사람들이 큰 소리로 웃고 있었다.

별다른 내용은 없었다.

그때였다. 개그가 끝난 장면에 전혀 다른 장면이 이어져 나왔다.

붉은 커튼

한눈에 봐도 김주희였다.

김주희는 뒤로 젖혀진 안마의자에 누워 있었다. 상체가 묶인 채였다. 두 명의 남자들이 주희 옆에 서 있었다.

주희는 알아들을 수 없는 말들을 중얼거렸다. 그러다 두 눈을 번쩍 뜨고 상체를 벌떡 일으키더니 무슨 말인가를 했다. 무성영화처럼 소리가 나오지 않았다. 주희는 슬픈 표정을 짓고 있었다.

어깨가 벌어진 땅딸막한 한 놈이 주희에게 다가갔다. 나머지 남자도 앞장선 그를 따라 주희 곁으로 다가섰다. 앞선 남자가 주희의 팔을 붙잡았다. 주희가 그 남자의 팔을 뿌리치려 몸을 뒤틀었다.

다른 남자가 주희를 안마의자에 강제로 눕혔다. 주희가 남자의 손아귀에서 벗어나려 발작적으로 사지를 배배 꼬았다. 땅딸막한 남자가 주사기를 손에 들었다. 주희의 팔 안쪽에 바늘을 찔러 넣었다.

그때였다. 무음이던 소리가 불쑥 살아났다. 주희의 입에서는 여전히 알아들을 수 없는 말들이 웅얼웅얼 흘러나왔다. 그 웅얼거리던 목소리가 점차 하나의 목소리로 모였다. 그러면서 한 사람의 목소리가 흘러나왔다.

귀에 익은 목소리.

지호의 목소리였다.

내 귀를 의심했다. 하지만 그건 분명 지호의 목소리가 맞았다. 그 목소리가 나를 불렀다.

"아빠!"

지호가 내게 무슨 말인가를 하려고 했다.

하필이면 그때 밖에서 인기척이 들려왔다. 그 순간, 나는 재빨리 TV를 껐다. 너무 놀란 나머지 꿈쩍도 하지 못하고 그저 멍하니 앉아 있었다.

김병기가 방으로 들어왔다. 나를 발견하고는 깜짝 놀랐다. 나는 오로지 시커먼 TV 화면만 바라보고 있었다. 나는 마른침을 삼켰다. 그러면서 TV 옆에 꽂혀 있던 usb를 응시했다.

TV의 검은 모니터 화면에 담긴 김병기가 우두커니 나를 보고 있었다. 김병기는 내가 보고 있는 그것으로 시선을 옮겼다.

그와 내가 usb를 함께 보고 있었다.

누가 먼저 움직일지 계산을 하는 것처럼 서로를 탐색하고 있었다. 작은 기척이라도 놓칠까 신경을 곤두세웠다. 상대의 미세한 움직임을 주시했다. 서로를 의식하며 usb를 누가 먼저 차지할 것인가에 총력을 기울였다.

먼저 달려들 건 나였다.

꽂혀 있던 usb를 바로 뽑았다. 김병기가 내게 달려왔다. 나를 붙잡은 그와 함께 미끄러졌다. 벽장에 몸을 처박았다.

나는 김병기의 얼굴에 발길질을 하고는 뛰쳐나왔다.

김병기가 내 뒤를 따라 밖으로 나왔다. 내 바지자락을 붙잡았다. 마당으로 함께 추락했다.

내 손에서 usb가 떨어져 나갔다.

기어서 usb를 주워 든 김병기가 가쁜 호흡을 뱉었다.

나는 김병기에게 덤벼들었다.

김병기가 날 걷어찼다.

김병기가 급하게 길을 따라 내려갔다. 자신의 트럭으로 향했다.

내가 뒤따라가자 트럭을 포기하고 길 한가운데로 내달렸다.

버스 한 대가 지나가고 있었다.

김병기가 버스 앞으로 뛰어들었다. 버스가 멈추자 김병기는 다급히 올라탔다.

나는 내 차로 뛰어올랐다. 시동을 걸고 급히 액셀러레이터를 밟았다.

중앙선을 넘어 버스와 나란히 달렸다.

나는 경적을 울렸다. 경적을 들은 버스 기사가 나를 봤다.

"차 세워요!"

나는 차창 밖으로 고함을 질렀다.

기사는 버스를 세울 생각을 하지 않았다. 왜 세우라고 하는지, 이해가 되지 않는 모양이었다.

연거푸 세우라는 나의 손짓에 기사가 마지못해 천천히 속력을 줄였다. 버스를 추월한 나는 버스 앞에 차를 세웠다. 그때 버스가 내 차의 후미를 들이박았다. 돌아보니 운전석에 김병기가 앉아 있었다.

기사는 창문에 머리를 처박고 끙끙거렸다. 승객은 노인한 명과 강아지를 안은 젊은 여자였다. 여자의 품에 안겼던 흰색 말티즈가 사납게 짖어댔다.

여자가 창문을 열어젖히고 도와달라고 냅다 소리를 질렀다.

중앙선을 넘나드는 버스는 취객처럼 휘청거렸다. 여자가 의자 손잡이를 꽉 붙들었다. 강아지가 여자의 손에서 벗어났다. 여자가 강아지를 필사적으로 잡으려 했다. 창문 밖으로 강아지가 떨어졌다.

여자가 헛되이 창밖으로 손을 내밀었다.

내 차 보닛에 떨어진 강아지가 도로로 튕겨 나갔다. 강아

붉은 커튼

지가 냅다 갓길로 내뛰기 시작했다.

버스 뒤로 내 차가 뒤처졌다.

오르막을 오르던 버스가 정점을 찍고 내리막을 달렸다.

정차한 차들에 막혀 버스가 나가지 못했다.

김병기가 버스에서 뛰어내렸다.

나는 버스 바로 뒤에 차를 세웠다.

김병기가 도로를 횡단했다.

김병기를 쫓았다.

벽 거울에 김병기와 나의 모습이 나타났다 사라졌다.

중학교 담벼락 옆을 연달아 내달렸다.

김병기가 교차로로 뛰어든 그때 신호등이 파란색으로 바뀌었다.

나는 서행하는 차량에 무릎을 부딪고 차에서 비켜섰다. 김병기의 뒤통수가 흔들렸다. 사람 한 명이면 꽉 찰 좁은 골목으로 빨려들 듯이 뛰어들었다.

골목을 벗어난 김병기는 대로로 내달렸다. 그는 종이 박스 쌓인 리어카를 피해 대로변으로 달아났다.

나는 김병기를 따라 좁은 골목을 빠져나왔다. 식당을 지나 주차장 골목으로 뜀박질했다.

빛바랜 벽.

녹슨 창문.

낡은 상가들.

돌아가는 환풍기.

무너진 집을 파고드는 드릴 소리.

그리고 연이은 무단횡단.

붉은 담의 낮은 집들을 따라 뛰던 그가 뭔가에 걸려 미끄
러졌다.

드디어 김병기의 머리칼을 붙잡았다. 나는 땅바닥에 그
의 얼굴을 박았다. 다시 그의 머리를 들어 올리는데, 그가
주먹으로 내 배를 쳤다. 나는 가게 앞에 놓인 화분을 놈의
이마에 꽂았다. 김병기의 이마에서 죽 핏물이 흘러내렸다.

"내놔."

김병기가 필사적으로 고개를 저었다.

"내놓으라니까."

김병기가 손바닥을 펼쳤다.

그의 손바닥은 텅 비어있었다.

나는 당황했다.

그 순간, 김병기가 나를 밀쳤다.

뒤로 물러선 김병기가 혀를 쑥 내밀었다. usb는 그곳에
있었다.

　　　　　　　　　　　　　　붉은 커튼

내가 손을 뻗자, 김병기는 바로 눈앞에 있는 좁은 돌계단을 허둥지둥 뛰어올랐다. 그가 계단 중간쯤에 이르러 내 쪽을 돌아봤다.

"한 가지 얘기해 줄게."

내가 찡그린 채 그를 보았다.

"네 아들이 죽은 건, 모두 너 때문이야. 나처럼."

그렇게 말하고 김병기는 계단에서 사라졌다.

사건 현장

아빠!

화면 속에서 나를 부르던 지호의 목소리가 귓가를 맴돌
았다.

나는 지호가 마지막으로 살아 있던 곳으로 향했다. 몇 시
간을 쉬지 않고 달려온 차에서 내려 사고가 일어났던 이차
선 도로 한가운데 섰다.

지호는 장모가 저녁을 준비하는 중에 사라졌다.

장모는 한창 식사 준비를 하다 무심코 돌아봤더니 얼룩
고양이 한 마리가 혼자 방에 들어와 있는 걸 발견했다고 진
술했다. 장모는 그때서야 지호가 보이지 않는다는 걸 눈치
챈 것이다.

밥을 주곤 했던 길고양이들 중 한 마리였다. 지호는 고양

이를 따라 나간 것이다. 집으로 돌아온 건 고양이뿐이었다.

지호가 발견된 곳은 사고가 일어난 도로가 아니다. 도로 근처 산기슭이었다. 경찰 조사는 이랬다. 동네 주민이 음주 사고를 내고 지호를 인근 밭에 유기했을 가능성이 크다고 했다.

수사는 지지부진했다. 동네 주민이 아닐 수도 있다는 말들이 연기처럼 흘러나왔다. 신빙성 있는 진술도 있었다. 사고가 나기 얼마 전, 낯선 외지인이 돌아다녔다는 진술이었다.

나는 개 짖는 소리에 시선을 돌렸다. 가까이에 인가가 있단 걸 알았다.

광기를 내뿜으며 사납게 짖어대는 개. 사슬이 끊어질 듯 팽팽하게, 그리고 고개를 빳빳이 들고 이방인을 향해 짖어댔다. 개가 크게 짖어댈수록 누군가는 문을 열고 밖으로 나올 것이다.

나는 문으로 다가섰다.

어떤 남자가 이불을 반쯤 덮고 내 쪽을 보고 있었다. 그는 웅얼웅얼 무슨 소리를 냈다. 그러다가 또 히죽히죽 웃어댔다. 내게 누런 이를 드러냈다.

나는 마당으로 물러났다. 개가 맹렬하게 덤벼들었다. 날카롭고 굵은 이. 침이 흐르는 혀. 나는 뒤로 더 물러섰다. 사납게 굴던 개가 갑자기 깨갱 물러났다.

자그마한 노파였다.

나는 사건에 대해 노파에게 언급했다. 마을 사람들은 다 아는 사건이고 노파 역시 마찬가지였다. 노파는 자기는 한 번 본 사람은 쉽게 잊지 않는다고 말했다.

노파는 그날 본 남자의 인상착의를 묘사했다. 평소에는 보지 못했던 낯선 차를 봤다. 특히 차에서 내리는 남자의 머리 색깔이 기억에 남는다고 했다. 검은 머리에 갈색이 섞인.

하얀 늑대다.

염색을 통해 자신의 정체를 숨기려 했겠으나 나까지 속일 순 없다. 동네 주민 중에는 그런 무서운 범죄를 저지를 사람은 없다고, 노파는 연거푸 강조했다.

나는 고맙다는 인사를 하고 그 집에서 멀어졌다.

지호가 발견된 곳으로 향했다. 지호는 인삼밭과 산기슭의 덤불로 가려진 경계에 반듯하게 누워 있었다. 사고가 난 도로 쪽으로 시선을 던졌다. 지호가 도로에서 여기까지 끌려왔을 생각을 하니 현기증이 일었다.

"살려줘."

어디선가 지호의 목소리가 들려오는 것만 같다.

음주운전 집중 단속. 그 현수막이 걸린 갈래 길에서 나는 몸을 돌렸다. 텅 빈 도로를 바라보았다. 불규칙한 호흡이 내 뒤에서 들려왔다. 당장에라도 나를 삼켜버릴 듯 위협적인 소리로 변했다.

나는 온몸이 마비된 듯 꼼짝할 수 없었다. 눈에 힘이 풀렸고, 흐릿한 사물들이 둥둥 떠다녔다. 눈물이 내 볼을 타고 흘러내렸다.

환한 불빛에 찌푸려진 눈.

공중에 날리는 머리카락.

아이의 흐느낌.

달려오는 차가 중앙선을 넘었다.

아이는 정확히 노란 중앙선 위에 서 있었다.

아빠!

지호의 목소리가 서늘한 바람을 타고 내 가슴을 파고들었다.

차 한 대가 달려와 부리나케 사라졌다. 나를 멀리하고 달아나는 차를 시선으로 쫓았다. 차는 이미 사라지고 없었다.

웬 아이가 자전거를 타고 지나갔다.

아이의 종아리에 힘이 들어갔다. 아이는 누군가 자신을 따라오는 것처럼 다급히 페달을 밟았다. 자전거를 탄 아이가 나를 쳐다봤다.

지호 또래의 아이다.

내 입에서 기나긴 숨이 새어 나왔다.

나는 듬성듬성 흙이 파헤쳐진 곳으로 허우적대며 걸어
갔다.

그날 밤. 지호는 한잠도 못 자고 무서움에 떨었겠지. 어두
운 방으로 새어 들어오던 불빛이 무서워 아이는 머리끝까지
이불을 덮어쓴 채로 있었겠지. 다시 문이 닫혔을 때 아이는
올렸던 이불을 살짝 내려 온 정신을 집중해 귀를 기울이고.
살금살금 방을 나와 금기의 방을 훔쳐보고.

그러다 아이는 듣지 말아야 할 것을 들었겠지. 네 아빠한
테 딴 여자가 생겼어.

외갓집에 오게 된 이유를 지호도 알게 되었겠지.

아내에게서 걸려온 전화 한 통. 지호가 죽었어. 지호는 두
려움에 떨다 죽어갔지. 사람들은 아내를 양 옆에서 붙들고
영정사진 뒤편으로 끌고 갔지. 그녀는 몸부림쳤지.

살려줘, 제발!

불타는 검은 관 뚜껑이 열렸다.

지호가 있어야 할 관은 비어있었다.

아내는 허리가 접혀 관 안에 처박혀 있었다. 나는 아내의
허리를 붙들고 정수리를 누르며 들러붙었다. 아내는 내게

서 벗어나려 몸부림쳤다. 아내의 손에 과도가 들렸다. 손잡이가 검은 칼. 아내가 나를 찔러댄다. 내 목과 얼굴로 피가 튀었다.

나는 쓰러졌다. 아내가 관에서 기어 나갔다. 지호가 관 밖에서 아내를 보고 있었다. 아내가 지호를 안았다. 닫히는 관 안에서 나는 아내와 지호를 바라봤다.

관은 곧 화염에 휩싸였다. 나를 보는 그들의 시선이 불길에 어른거린다.

마지막으로 아내 분한테 전화를 걸었습니다. 죄송합니다. 최선을 다했습니다만, 지호는 이미 죽어 있었습니다.

나는 화들짝 놀라 눈을 치떴다. 차 안이었다. 죽은 지호가 발견된 밭이 비스듬하게 보였다. 생경한 이미지들이 그들의 세계로 나를 마구 끌어들이고 있었다. 그런 이미지들에 도망치듯 허겁지겁 차에서 빠져나왔다.

나는 뭐라도 해야 했다.

"어쩐 일이에요?"

몇 번의 통화음 끝에 수연이 전화를 받았다.

"전에 얘기한 거 있잖아. 나영이가 미래파에 대해 얘기했다는 거."

"그게 왜요?"

"들려줘."

"그건 들어서 뭐하게요?"

"듣고 싶어. 자세히 들려줘."

몇 초간 기나긴 침묵이 흘렀다.

"지금 어디예요?"

"지호 사고가 났던 곳."

"거기 갔어요?"

"응."

"거긴 왜 갔어요?"

나는 대꾸하지 않았다.

"뭘 듣고 싶은 건데요?"

"좀 더 자세한 얘길 듣고 싶어."

한동안 말이 없던 수연이 나직이 뱉었다.

"선배는 도전을 한 거야."

"무슨 말이야?"

"한 해에 협박을 받는 기자가 얼마나 많은 줄 알아? 선밴 하지 말아야 할 취재를 한 거야."

"나영이가 그렇게 얘기했어?"

"언니 학교로 박천정이 찾아왔대. 선배한테 전해달라면서. 미래파 취재 그만두라고."

"그게 언젠데?"

"지호 사고 있기 전에."

"아내가 뭐라고 했는지, 정확히 얘기해 주면 안 돼?"

"무슨 얘기?"

"내 탓을 많이 했겠지?"

"아니. 언니는 선배를 이해했어."

"굳이 거짓말 할 건 없어. 바른대로 말해줘. 아내가 한 얘기 그대로."

"무슨 얘길 듣고 싶은 건데?"

"아내가 나를 두고 한 말."

"지금 지호 사고 난 데라 했지?"

나는 침묵으로 긍정했다.

"거긴 왜 갔어?"

나는 아무 말도 하지 않았다.

"감정이 동요돼서 그러는 거 같은데, 별 얘기 안 했어. 진짜야. 그러니까 내가 그때 한 얘긴 잊어버려요. 쓸데없는 얘길 한 거야. 그냥 속상해서."

"뭐라고 했는지 들려줘. 부탁이야."

대답이 없다.

"수연아."

"선배가 지호를 죽였다고 했어."

의심과 불안 속에 스며있던 말.

그 말을 직접 듣고 보니 꽉 막혔던 속이 단박에 터져 나오는 것 같았다.

"고마워."

"이제 어쩔 셈인데?"

"나영이가 어떻게 됐는지 찾아야지."

수연이 한숨을 내쉬었다.

"주희라는 애 기억해?"

"언니 제자?"

"걔가 특별한 능력이 있더라고. 죽은 사람을 보는."

"주희란 애가 지호도 봤다는 거야?"

"나도 너처럼 믿지 않았는데 영상을 봤어. 정말 주희 입에서 지호의 목소리가 흘러나왔어. 나를 불렀어. 아빠, 하고."

"잘못 들은 거 아냐?"

"나도 나영이를 믿지 못했어. 하지만 그걸 보고 나니 지호를 죽인 범인도 찾을 수 있을 것 같아."

"지호가 범인이라도 알려줄 것처럼 말하네."

"해주겠지."

수연은 대답하지 않았다.

붉은 커튼

나는 통화를 끝내고 터벅터벅 차를 향해 걸었다. 맞은편 반사경에 내 모습이 비쳤다. 반사경에 범인의 모습도 비쳤을 것이다.

지호를 치고 달아난 놈.

지호는 그 놈에 관한 메시지를 분명 영상에 남겼을 것이다.

동영상

오후 늦게야 갈산에 도착했다.

서지은이 있는 병원으로 향했다. 병실로 들어갔더니 서
지은이 침대머리에 기대어 앉아 있었다.

"정윤이는 만났어요?"

나는 고개를 끄덕였다.

"정윤이가 뭐래요?"

"주희 엄마 얘길 하던데요."

나는 그 뒷얘기를 들려줬다.

"그래서 어떻게 됐어요?"

"주희 집에서 영상을 찾았습니다."

"어떤 거요?"

"주희가 나오는 영상이요."

"고문이 찍힌 영상인가요?"

"그런 것 같았어요. 주희는 묶여 있었어요."

"그게 주희 집에 있었다고요?"

"예."

생각에 잠겨 있던 서지은이 순간 뭔가를 떠올린 모양이었다.

"고문 중에 살해된 사람이 혹시 김주희 아닐까요?"

"예?"

놀란 내가 반문했다.

"주희 엄마가 숨겨놓은 게 아닐까요?"

"주희 엄마가요?"

서지은이 고개를 끄덕였다.

"김병기가 영상의 행방을 알았으면 당신을 고문하진 않았겠죠."

듣고 보니 그랬다.

"그거 가지고 있어요?"

"아뇨. 김병기한테 뺏겼습니다."

서지은이 시선을 비스듬하게 내렸다.

"지호가 내게 무슨 말을 했을까, 줄곧 그 생각을 했어요."

"무슨 말인지, 짐작 가는 건 없구요?"

"지호는 차 사고로 죽었죠. 하지만 일반적인 사고는 아니었죠. 지호는 분명 얘기를 하려 했어요. 억울한 죽음을 풀어 달라고. 뺑소니친 범인에 대해서."

내 말에 서지은의 눈빛이 흔들렸다.

"목소리를 들었어요. 지호의 목소리를."

서지은은 긴장한 듯하더니 갑자기 일어나 옷장으로 향했다.

"뭐 하는 거죠?"

"가 봐야죠. 주희 엄마한테요."

"몸은요?"

"괜찮아요. 서둘러요."

나는 서지은을 조수석에 태우고 주희 엄마가 입원해 있는 요양병원으로 향했다.

읍내를 지나치는데 서지은이 말했다.

"잠깐만요."

문구점 앞이었다.

차에서 내린 서지은이 문구점 안으로 들어갔다.

잠시 후, 밖으로 나온 그녀가 내 차에 올랐다.

"뭐 샀습니까?"

붉은 커튼

그녀가 바지주머니에서 usb를 꺼냈다.

"그건 왜요?"

"물어보는 것보단 이거 보여주는 게 더 효과가 있을 거예요."

그녀의 의도를 알 것 같았다.

나는 요양병원 앞에 차를 세웠다. 왠지 모르게 마음이 다급했다. 그건 서지은도 마찬가지였다.

누군가 주희 엄마를 해칠지도 모른다는 불안이 끼쳤던 것이다.

엘리베이터에 올라탄 나는 이동하는 층수만 속으로 세고 있었다.

문이 열리고 우리는 병실로 향했다.

주희 엄마는 불쑥 들어온 우리를 보고 놀랐다. 영문을 몰라 어리둥절해 하는 그녀에게 서지은은 주머니에서 usb를 꺼내보였다.

그걸 본 주희 엄마가 화들짝 놀랐다.

"어떻게 갖게 됐어요?"

주희 엄마가 주춤 물러섰다.

서지은이 그녀의 손목을 붙잡고 usb를 가까이 들이밀었다.

주희 엄마가 겁먹은 듯 절레절레 고개를 저었다.

"어서 말해요. 이거 어떻게 갖게 됐냐구요?"

"박, 박……."

놀란 주희 엄마가 뭔가에 홀린 듯 중얼거렸다.

"박천정?"

주희 엄마가 고개를 끄덕였다.

"박천정이 줬다고요?"

서지은이 확인 차 다시 물었다.

주희 엄마가 연방 고개를 끄덕였다.

그제야 서지은이 usb를 주머니에 넣었다.

"죄송해요. 놀라게 해서."

나는 서지은과 함께 병원을 나와 차에 다시 올랐다.

내가 물었다.

"박천정은 주희 엄마한테 왜 그걸 줬을까요?"

"아줌마는 주희를 애타게 찾았을 테죠. 박천정은 주희가
어떻게 됐는지 아줌마한테 알려줬을 거구요."

"왜죠?"

"박천정은 다른 꿍꿍이가 있었던 거 같아요."

"꿍꿍이라뇨?"

대답을 하는 대신 서지은이 말했다.

"영상에 관해 얘기해 보세요."

"그게……."

"최대한 떠올려 봐요."

"김주희가 뭔가를 얘기하고 있었고, 주희 옆에는 어떤 남자들이 서 있었습니다."

"남자들이요?"

그녀의 말에 나는 고개를 끄덕였다.

서지은이 모르겠다는 듯 중얼댔다.

"확인을 해봐야겠네요."

우리는 김주희의 집에 도착했다.

방으로 들어선 나는 주위를 두리번거렸다. 부엌 안쪽에서 남자의 신음이 흘러나왔다. 소리가 나는 쪽으로 갔더니, 김병기가 싱크대에 머리를 기댄 채 쓰러져 있었다.

김병기의 주변에는 빨갛고 작은 알약들이 여기저기 흩어져 있었다.

나는 김병기에게 다가섰다.

그때 서지은이 외마디 비명을 뱉었다.

내가 돌아본 그곳에 남형만이 있었다. 석고조각처럼 딱딱하게 굳은 얼굴로. 그의 바로 옆에는 쓰러진 서지은이 배를 움켜잡고 괴로워하고 있었다. 그녀는 고통스러운 눈길로 나를 쳐다봤다.

남형만이 권총을 꺼내려 했다.

나는 남형만에게 달려들었다. 권총이 바닥으로 떨어졌다. 나는 그의 목을 졸랐다. 그가 경찰봉으로 내 머리를 가격했다.

내 시야가 뒤틀렸다. 정신을 놓을 순 없었다.

그때 바닥에 떨어져 있던 뭔가로 남형만의 시선이 쏠렸다.

서지은의 주머니에서 나온 usb였다.

남형만이 냅다 그것을 집었다. 그러고는 우리를 남겨둔 채 나가버렸다.

서지은이 나를 보고 씩 웃었다. 그런 우리를 김병기가 쳐다보았다.

우리는 김병기를 봤다. 그가 긴장한 눈길로 나와 서지은을 번갈아 살폈다.

밖은 조용했다.

김병기가 경계하듯 우리를 계속 주시하고 있었다.

우리도 마찬가지였다.

마침내 남형만의 차가 출발했다.

그 순간, 김병기가 밖으로 뛰쳐나갔다.

서지은이 김병기를 붙잡았다. 그의 바지춤을 잡아당겼다. 그가 앞으로 자빠졌다. 서지은의 손이 그의 바지주머니에 닿았다.

"여깄어요!"

그녀가 소리쳤다.

나를 본 김병기가 서지은을 발로 차버리고 맨발로 달려갔다.

김병기는 차로 가는 걸 포기하고 담벼락에 세워 둔 낡은 오토바이로 뛰었다.

오토바이에서 굉음이 터졌다.

시꺼먼 연기를 뿜으며 오토바이가 앞섰다.

서지은이 오토바이 앞으로 갔다. 달려드는 오토바이가 그녀의 시야를 압도했다. 오토바이를 피한 서지은이 멀어져가는 오토바이를 분한 듯 노려봤다.

김병기는 남형만이 간 방향과 정확히 반대 방향으로 오토바이를 몰았다.

내가 차에 오르자, 서지은도 곧 조수석으로 미끄러졌다.

그 순간, 반대편으로 향하던 남형만의 차가 갑자기 멈추는 것이 백미러로 보였다.

멈췄던 남형만의 차가 다시 움직였다.

김병기가 좁은 길을 질주했다.

차량 한 대면 꽉 차버린 길을 가까스로 통과했다. 곧 김병기의 오토바이를 바짝 따라붙었다. 길이 양쪽으로 갈라졌다. 차는 지날 수 없는 골목을 오토바이가 빠져나갔다. 다른 널찍한 길로 오토바이를 쫓아 차가 달렸다. 길이 맞닿은 지점에서 오토바이의 앞길을 가로막을 생각이었다.

내가 먼저 그 지점에 닿았다. 핸들을 옆으로 꺾고 브레이크를 밟았다. 서지은이 탄 조수석 쪽으로 김병기의 오토바이가 달려왔다. 충돌 바로 직전에 김병기가 브레이크를 꽉 잡았다. 오토바이가 내 차에 부딪치고 엎어졌다.

오토바이를 곧바로 세운 김병기는 반대 방향으로 달아났다.

우리도 오토바이를 쫓아 이차선 도로를 달렸다.

김병기는 중앙선을 넘나들었다.

나는 액셀러레이터를 더 세게 밟았다. 오토바이 바로 뒤까지 바짝 따라붙었다.

"치겠어요!"

걱정된 서지은이 소리쳤다.

나는 브레이크를 꾹 밟았다.

그의 오토바이가 튕기듯 차와 멀어졌다.

내 차가 다시 김병기를 앞서나가려 하자, 김병기는 속력을 줄이고 차 쪽으로 오토바이를 가까이 붙였다. 이번엔 내가 오토바이를 피했다. 그사이 김병기는 속력을 높여 나를 따돌렸다.

내 차와 가까이 붙었다 멀어지는 식으로 그의 오토바이는 중앙선을 넘나들었다. 이 방식이 먹힌다 싶었는지 김병기가 흘깃 돌아봤다.

나는 곧 김병기를 따라붙었고, 그때마다 브레이크를 밟았다.

갑자기 검은 고양이가 도로로 뛰어들었다. 노란 동공이 반짝였다. 나는 고양이를 피하려다 바로 앞에 붙어있던 오토바이와 추돌했다. 부딪힌 오토바이가 중심을 잃었다. 내 차가 중앙선을 넘었다.

둥근 헤드라이트가 맞은편 차선에서 튀어나왔다. 불빛이 내 시야를 삼켰다. 입이 벌어졌다. 서지은이 벨트를 잡았다. 나는 핸들을 옆으로 꺾었다. 불빛이 사선으로 비켰다. 덤프 트럭이 중앙선을 넘었다. 흙무더기가 트럭에서 쏟아져 내렸다.

불빛. 굉음. 경적. 차창. 흙무더기. 놓친 핸들.

나는 운전석 창문에 머리를 쾅 처박고 아래로 내리꽂혔

다. 벨트에 갇혀 앞으로 쏠렸다 뒤로 확 젖혀진 서지은이 옆 창문에 머리를 박고 고꾸라졌다.

오토바이에서 나가떨어진 김병기가 공중으로 솟구쳐 올랐다. 김병기가 도로 한복판으로 나뒹굴었다.

한 바퀴 휘돌던 차가 속력을 이기지 못하고 김병기를 향해 미끄러졌다. 이대로라면 김병기의 가슴을 타고 넘는다. 나는 브레이크를 잡고 핸들을 꺾었다.

그 바람에 차는 배수로에 가 처박혔다.

내 귀에서 윙윙거리는 소리가 났다. 어지러웠다. 헛구역질이 치밀어 올랐다.

벨트에 갇혀 고꾸라졌던 서지은이 조금씩 팔을 움직였다. 그녀의 이마에서 진한 피가 주르륵, 흘러내렸다.

서지은은 이마의 피를 손으로 닦고 다리를 절뚝이며 김병기에게 다가갔다.

오토바이는 전파됐다.

김병기의 얼굴 주위로 시뻘건 피가 튀어 있었다.

서지은은 김병기의 바지주머니 안으로 손을 밀어 넣었다. 잘 들어가지 않았다. 코가 으깨져 피범벅인 김병기를 반듯이 눕혔다.

그의 주머니를 뒤적이던 그녀가 눈가를 훔쳤다. 그녀의

붉은 커튼

이마에서 흐르는 핏물이 눈으로 스며들고 있었다.

그때, 저 뒤쪽에서 구급차 오는 소리가 들려왔다. 누군가 교통사고를 목격하고 신고를 한 모양이었다.

서지은은 서둘러 김병기한테서 멀어졌다.

구조대원들이 차에서 내려 김병기에게 달려갔다. 들것을 이용해 그를 구급차로 옮겼다.

대원 중 한 명이 서지은에게 다가왔다. 그녀는 괜찮다는 손짓을 했다.

김병기를 실은 구급차가 출발했다.

뒤늦게 도착한 순찰차에서 순경들이 내렸다.

순경 중 한 명이 내게 사건 경위를 물었다.

나는 듣지도 않고 고개만 끄덕였다.

서지은이 절뚝거리는 다리로 비탈로 가 앉았다. 그녀는 주먹을 움켜쥐고 있었다. 내가 다가가자 그녀가 움켜쥔 손을 활짝 펼쳤다.

usb가 손 안에 있었다.

나를 쳐다보고 있던 서지은이 다른 곳으로 시선을 던졌다. 나는 그녀의 시선을 따라 고개를 돌렸다.

남형만이다.

그가 분한 듯 우리를 노려보고 있었다.

남형만의 왼손에는 텅 빈 usb가 들려 있었다.

서지은의 입가에 흐릿한 미소가 떴다 휙 사라졌다.

우리는 미래학교에 도착했다.

행정실로 들어간 서지은이 책상으로 다가갔다.

컴퓨터 전원을 켠 그녀는 usb를 삽입했다.

나는 팔짱을 끼고 모니터를 지켜봤다.

개그맨이 몸 개그를 하는 장면이 흘러나오다 끊기고 문제의 영상이 나오기 시작했다.

김주희가 안마의자에 누워 있다. 남자 두 명이 주희 옆에서 약간의 거리를 두고 서 있었다. 그들 중 한 명이 주희를 윽박지른다. 소리가 나오지 않아서 뭐라고 하는지 알아들을 수는 없었다. 입 모양으로 봐서는 미래파라는 단어가 그 어딘가에 분명히 박혀 있었다.

주희가 세차게 고개를 저었다.

"여길 봐요."

서지은이 화면을 정지시켰다. 그러고는 화면 속 거울에 비친 뭔가를 가리켰다.

"이게 뭐죠?"

그녀가 물었다.

"사람 아닌가요?"

"누구죠?"

거울에 비친 대상을 유심히 살피던 내 눈에 힘이 들어갔다.

"최현자."

"아무리 봐도 그래요."

서지은이 중얼거리며 화면을 재생시켰다.

주희의 팔을 한 남자가 붙들었다. 땅딸막한 다른 남자가 주사기를 들었다. 남자는 주희의 팔 안쪽에 바늘을 찔러 넣었다. 주희가 몸부림을 쳤지만 소용없었다. 그때 들리지 않던 소리가 소음에 뒤섞여 불규칙하게 들려오기 시작했다. 조금씩 주희의 움직임이 잦아들었다.

잡고 있던 주희의 팔을 남자가 놓았다. 그들은 축 늘어진 주희를 내려다보고 있었다. 그 순간이었다. 주희가 눈을 번쩍 떴다. 남자들이 깜짝 놀라 주희를 보았다.

의미를 알 수 없는 소리가 주희의 입에서 흘러나왔다. 주희가 허공으로 눈을 치켜뜨고 고개를 흔들며 방언 같은 말들을 끊임없이 쏟아냈다. 마치, 소리가 그녀의 몸을 빌려 세상 밖으로 나오는 듯했다. 말들이 그녀를 완전히 장악했다. 파리 떼처럼 들끓던 말들이 정상적인 하나의 말과 목소리로 집결했다.

"아빠!"

지호다.

나는 화들짝 놀랐다.

더불어 화면 속의 한 남자가 소스라쳤다. 그 남자의 손목을 주희가 꽉 움켜쥔 것이다.

"아빠!"

연이은 지호의 목소리.

"불타고 있어!"

나는 숨이 컥, 막혔다.

"살려줘!"

지호가 울부짖었다.

새파랗게 질린 남자가 주희한테서 벗어나려 발버둥을 쳤다. 쉽지 않았다. 남자는 주희의 얼굴에 주먹을 날렸다. 그때 주희의 몸을 묶고 있던 줄이 풀리고, 주희가 벌떡 일어났다. 그러고는 남자의 귓불을 물어뜯었다. 남자가 황급히 주희를 밀쳤다. 그 순간 주희의 겉옷 안에 있던 뭔가가 바닥으로 툭, 떨어졌다. 학교 앞에서 찍힌 지호 엄마의 사진이었다. 남자의 귀에서 피가 튀겼다. 귓불이 찢긴 남자가 비명을 지르며 주희의 얼굴에 여러 차례 주먹을 날렸다. 흥분한 남자는 주희의 목을 부러뜨릴 기세로 무지막지하게 졸랐다.

주희는 남자의 손을 자기 목에서 떼어내려 애썼다. 땅딸막한 남자가 달려들었으나 주희의 목을 조르던 남자는 쉽사리 주희한테서 떨어지지 않았다. 몸부림치던 주희가 축 늘어졌다. 주희는 눈을 크게 뜬 채로 목을 늘어뜨리고 있었다. 그제야 뭔가 이상함을 느낀 남자가 주희의 목에서 손을 뗐다. 그는 피가 흐르는 자신의 귀를 붙잡고는 겁먹은 얼굴로 소녀에게서 멀어졌다. 땅딸막한 남자가 주희의 어깨를 세게 흔들었으나 주희는 꿈쩍도 하지 않았다. 그러다 주희의 머리가 의자 밖으로 툭, 떨어졌다.

땅딸막한 남자가 최현자를 보았다.

"어, 어쩌지?"

"빨리 옮겨."

땅딸막한 남자는 주희를 곧바로 둘러업고 밖으로 나갔다.

그때였다. 뭔가가 주희의 다리와 부딪치며 화면이 크게 흔들렸다. 연이어 그것이 바닥으로 떨어지는 소리가 났다.

카메라다.

모든 상황이 캠코더에 녹화되고 있었던 것이다. 렌즈에 누군가의 모습이 비스듬하게 잡혔다. 김병기는 머리를 무릎에 파묻고 쪼그려 앉아있었다. 그는 밖으로 업혀 나가는 딸을 외면한 채 *그저 딜덜 떨고 있었다.*

김병기가 찾고자 한 것은 바로 이 영상이었다. 그가 왜 이토록 이 영상을 찾으려 했는지 알 것 같았다. 그는 딸의 죽음을 바로 앞에서 보면서도 막지 못했다.

영상이 뚝 끊겼다.

서지은이 말했다.

"주희 엄마는 이 영상을 봤을 거예요."

나는 어안이 벙벙했다. 지호는 살아 있었다는 아내의 말이 나를 관통하는 듯했다.

"정신 차려요."

나는 힘없이 그녀를 바라봤다. 뇌가 하얀 백지가 된 기분이었다.

서지은이 화면을 뒤로 돌렸다. 땅딸막한 남자의 얼굴이 보이는 곳에서 플레이가 멈췄다.

"누구죠?"

내가 물었다.

"최필수."

그녀가 덧붙였다.

"최현자 교장의 동생."

"동생?"

"영우하고 같이 살해됐죠."

나는 놀란 얼굴로 서지은을 바라봤다.

"여기 나오는 나머지 한 남자도 살해됐고요."

"누가?"

"김병기가 그랬을 수도 있죠."

"김병기는 아닌 것 같습니다."

"복수심이 생긴 거죠."

"주희 엄마는 심정이 어땠을까요?"

내 질문에 서지은이 반문했다.

"남편에 대해서요?"

"최필수 죽음에 주희 엄마가 개입됐다면."

"알아봐야죠."

"근데 왜 아내 사진을 주희가 품고 있었을까요?"

"죽은 이와 연관된 물건으로 혼령을 불러들인다잖아요."

그녀가 영상에 시선을 둔 채로 말을 이었다.

"최현자는 이 장면을 카메라에 담은 거고요."

"어디에 쓰려고요?"

"초자연적인 것에 관심이 있었나 보죠."

영상을 주의 깊게 살피던 그녀가 말했다.

"사실 전 고문과 관련된 영상이 진짜로 있나 의심했어요."

"왜죠?"

"유상호 말을 백프로 신뢰할 순 없었으니까."

서지은이 이어갔다.

"저한테 거짓말을 했을 수도 있으니까요. 고문 장면을 찍었다고 한 거나 최현자한테 고문을 당했다는 얘기나. 아니면 약 때문에 기억을 잃어가고 있었을 테니 지어낸 얘길 했을 수도 있죠. 그래도 유상호 말이 완전히 틀린 말은 아니었네요. 주희 영상이 있으니까. 일단 영상이 찍힌 데를 가봐요."

"아는 뎁니까?"

"짐작 가는 데가 있어요."

서지은이 컴퓨터를 끄고 usb를 챙겼다.

행정실에서 나온 서지은이 복도 끝으로 빠르게 걸음을 옮겼다.

미래파

서지은은 '교장실' 푯말이 붙은 문 앞에 있었다.

나는 그녀를 따라 곧장 교장실로 들어섰다.

붉은 커튼이 쳐진 내부는 캄캄했다.

서지은이 벽 가장자리에 있는 스위치를 올렸다. 그러고
서 책상 맞은편 문을 열었다.

널찍한 공간이 드러났다.

"여기네요."

영상이 찍힌 장소. 교장의 휴식처로 이용되는 곳이었다.

영상에 나왔던 안마의자가 방 끝에 놓여 있었다.

기분이 묘했다.

하얀 타일 벽에 몸이 닿았다. 서늘한 기운에 움츠러들었다.

아빠!

김주희의 입에서 흘러나왔던 그 말이 되살아나는 것 같았다.

교장실의 책장에는 미래파와 관련된 책들이 가득 꽂혀 있었다. 그 옆에는 상패, 공로패, 유리 트로피 등이 일정한 간격을 두고 진열되어 있었다.

서지은이 잡지 한 권을 빼 들었다. 미래파에 관한 기사가 실려 있는 〈시대와 인물〉 잡지다.

조성길과 직접적인 인터뷰는 할 수 없었다. 나는 조성길의 젊었을 적 사진을 받아 기사에 넣었다.

"아시겠지만 얼마 전 대구에서 조성길이 죽었죠. 미래파는 그렇게 해체됐고, 이 학교도 문을 닫았죠. 최 교장은 도망을 쳤고."

내 침묵에 서지은이 계속 말을 이어갔다.

"미래파는 영생을 추구했어요. 모든 종교가 그렇듯. 하지만 약간의 차이점도 있었죠. 세포를 원하는 장기로 배양한 뒤, 그 장기를 이식받아 영생한다. 과학과 종교를 결합한 방식이었죠. 과학이 종교의 자리를 넘본다는 건 이제 옛 얘기죠. 과학이 종교가 됐으니까. 죽음의 도피에서 종교가 비롯됐지만 이젠 과학이 죽음의 도피를 가능케 해 준 셈이죠. 조성길도 마찬가지였어요. 인류에게 죽음의 짐을 벗게 해주려는 자신의 야심 찬 연구는 의대 재학시절부터 시작됐다고. 근데 고지식한 윤리 의식으로 학계에서 왕따를 당했다는 거죠. 그는 손상된 신체가 재생되는 물질을 개발했다며 그걸 '히드라의 손'이라 불렀어요. 목을 베여도 베인 자리에서 다시 목이 자라는 괴물. 그는 불사를 퍼트리며 자신을 신이라 칭했죠. 자신을 의심하는 사람들은 가차 없이 실험 대상으로 삼았어요. 그렇게 영생 사업을 다단계 회사처럼 벌여나갔죠. 사업이 승승장구할 수 있었던 건 그게 단순한 사업이 아니고 종교였으니까. 신자들의 믿음에 과학이라는 이름을 입혀서."

책장에 눈을 두고 있던 내가 말했다.

"생각보다 많이 알고 있네요. 다른 거 더 아는 거 없어요?"

"팔십 년대 초반 그는 갈산 현재의 미래학교에서 의사 생활을 시작했죠. 물론 개인적인 종교 활동도 하면서. 그런데 어떤 여자가 조성길을 신적인 존재로 여긴 거죠. 조성길은 그 여자와 소위 그렇고 그런 사이가 됐어요. 이 사실을 알게 된 여자의 남편이 아내를 죽이고 조성길도 죽였죠. 그때 죽은 여자가 최현자의 엄마였어요. 죽은 줄로만 알았던 조성길은 사실 살아있었던 거고. 당시 모아놓은 자금을 여기 갈산에 숨겨놨죠. 그 후 갈산으로 돌아온 그는 숨겨둔 자금을 모조리 챙겨 대구에서 세력을 확장했고, 그렇게 '미래파'가 생겨났어요. 그러면서 몇 년 전 갈산 자기 병원 건물에 미래학교라는 대안 학교를 세운 거죠. 그런 조성길에겐 가깝게 지내는 여자가 있었고요."

"그게 최현자군요."

"부모를 잃고 최현자 남매는 인근 친척집에 갔어요. 근데 친척집에 간 지 오래지 않아 당시 고등학생이었던 최현자가 갑자기 사라진 거죠. 그러다 몇 년 전 갈산으로 돌아와 미래학교의 교장이 된 거고."

"조성길이 데려갔겠죠."

"그런 말이 파다했죠. 조성길이 최현자에게 미래학교를 맡겼다고."

나는 최현자의 사진을 보았다.

평범함에도 사람을 끄는 뭔가가 있는 얼굴이었다.

나는 책장에 꽂힌 미래파의 자료들을 훑어보다 미래파의 역사가 담긴 비디오를 뽑아 들었다.

전에 본 적 있는 자료였다.

"그러고 보니 생각나네요. 여기가 옛 조성길의 병원이 있던 곳이라면, 분명 지하실이 있을 겁니다. 거긴 흥미로운 게 더 있을지 모르죠."

"그럼 교장실에도 지하로 통하는 문이 있을 수 있겠네요."

그러면서 서지은이 바닥을 살피다 교장의 휴식처로 들어 갔다.

그때 누군가의 구두소리가 복도를 울렸다.

교장실의 문은 반쯤 열려 있었다.

지금 닫는 건 의미가 없었다.

이쪽으로 오고 있는 발자국 주인에게 위치를 들킨 건 물론이고, 운동장에 세워 둔 차량은 교장실에 누가 있는지를 보여주는 것이었다.

"들어가 있어요."

나는 서지은을 안으로 밀었다.

휴식처에서 멀찍이 떨어져 교장실의 열린 문 쪽을 주시 했다.

발소리가 멈췄다.

남형만이 문 앞에서 매섭게 나를 보며 물었다.

"여긴 어쩐 일로?"

"최 교장을 볼까 싶어서."

"최 교장?"

교장실로 들어온 남형만이 주위를 휙 둘러봤다.

"최현자 여기 없는데."

"그럼, 어딨는데?"

"딴소리 말고 주희 나오는 영상이나 내놔."

"몰라."

"전에도 그러더니 묻기만 하면 모른다고 하네."

나는 대꾸하지 않았다.

"창고에서 내가 구해준 거 모르시나?"

"무슨 소리야?"

"내가 낫을 두고 갔잖아."

"뭐?"

"안 그랬으면 김병기가 진짜 널 죽였을지 몰라. 김병기는 주희 나오는 그 영상에 아주 집착했으니까. 은혜를 갚아야지. 어딨어?"

남형만이 다가왔다.

"혹시, 서지은이 갖고 있는 거 아냐?"

나는 물러서다 서가에 등이 부딪쳤다.

"그년 너무 믿지 마. 그 usb로 최현자랑 흥정을 할지도 모르니까."

"무슨 말이야?"

"최현자와 그 동생이 연루됐잖아. 안 그래?"

남형만이 순식간에 다가와 내 목을 거머쥐었다.

놈의 손아귀에서 벗어나려 했지만 역부족이었다.

그때 책장이 갑자기 뒤로 밀리기 시작했다.

눈 깜짝할 새 나는 남형만을 붙들었다. 발을 헛디뎠다. 나는 철제 계단을 굴러 바닥에 쿵, 처박혔다. 남형만의 구둣발에 얼굴을 차였다.

계단 끝에 나자빠져 있던 남형만이 계단 손잡이를 잡고 몸을 일으켰다.

나는 무심결에 시선을 돌렸다. 맞은편 선반에는 유리병들이 일렬로 세워져 있었다. 병 안에는 푸른 빛깔이 도는 액체가 들어 있었다. 그 액체 속에는 두뇌처럼 보이는 형체가 둥둥 떠 있었다.

그때 남형만이 손잡이를 잡고 계단을 밟았다. 나는 바닥을 짚고 일어나 남형만에게 다가갔다. 남형만의 어깨를 붙잡았다. 남형만이 팔꿈치로 내 얼굴을 날렸다. 그러고는 내 정강이를 걷어찼다.

나는 바닥에 털썩 주저앉았다.

"여기 얌전히 계서."

남형만이 계단을 올라갔다.

그가 계단 끝에 이르러 내 쪽을 한번 보고 다시 정면으로 고개를 돌렸다. 그때 각진 유리 트로피가 그의 눈에 박혔다.

트로피에 눈이 찍힌 그가 균형을 잃었다. 한 번 더 트로피가 그의 눈을 쑤셨다. 남형만이 눈을 부여잡고 계단에서 뒹굴었다.

서지은이 트로피를 손에 쥐고 있었다.

나는 반사적으로 일어나 허겁지겁 계단을 올랐다. 지하실에서 나오자마자 서지은이 책장으로 벽을 막아 남형만을 가둬버렸다.

서지은은 거칠게 차를 몰았다. 학교가 보이지 않을 때까지 우리는 아무런 말도 하지 않았다.

그녀가 울창한 소나무 숲 앞에 차를 세웠다.

나는 차에서 내린 그녀를 따라 내렸다. 그녀의 곁으로 다가갔다.

나는 남형만이 내게 했던 말을 입 밖으로 꺼내지 않았다. 어차피 그녀도 남형만의 말을 들었을 것이다.

시간이 흐를수록 답답해진 쪽은 나였다.

"남형만 말로는, 당신이 usb를 가지고 최현자와 흥정할 거라고 하던데요."

서지은이 내 쪽을 바라봤다.

"남형만은 최 교장의 수족이에요. 그는 교장의 명령대로 주희가 나오는 영상을 찾는 일에 안달이 나 있었죠."

"왜 미래파를 취재하는 겁니까?"

그녀는 내 시선을 피한 채로 말했다.

"실은 엄마가 미래파에서 준 환각제를 먹고 돌아가셨죠. 아파트에서 투신했어요."

나는 전에 받았던 제보 내용이 떠올랐다. 서지은이 보낸 제보였나. 나는 조용히 그녀의 말에 귀를 기울였다.

"엄마가 돌아가시고 나서 회사를 그만뒀어요. 내가 드린 명함은 그때 갖고 있던 거예요. 회사를 그만두긴 했지만 계속 미래파를 취재하고 있어요."

"내게 제보한 적 있죠?"

"도움을 받고 싶었어요. 혼자서는 막막했으니까. 하지만 아무도 못 믿게 됐고, 결국 혼자 나선 거죠."

나는 한숨이 절로 나왔다.

"주희는 어떻게 됐을까요?"

서지은이 화제를 돌렸다.

"죽었는지, 살았는지 알 수 없죠."

"주희가 죽었다 해도 김병기는 딸의 죽음을 받아들이지 못할 거예요. 자기 딸이 계속 살아있다고 생각하겠죠. 딸의 죽음에 자기가 연루되어 있으니 더욱 그렇겠죠."

"안 그래도 주희를 찾아달라고 하더군요."

"그거 아세요? 다른 사람들한테도 묻는다는 거. 주희 어디 있는지 아냐고. 김병기는 믿고 있을지 몰라요. 미래파에서 주희를 소생시켰을 거라고."

나는 멍하니 그녀를 바라보다 물었다.

"최필수는 주희를 어디로 데려갔을까요?"

"이제부터 찾아봐야죠."

"근데 어떻게 박천정은 그 영상을 가지게 되었을까요? 게다가 주희 엄마한테 그걸 준 이유도 모르겠습니다."

"주희 엄마가 아는 건 없을까요?"

"일단 가보죠. 주희 엄마한테."

목격자

    요양병원은 눈앞에 있었다. 우리는 차에서 내려 건물 안으로 걸어갔다.

    "면회 시간은 삼십 분입니다."

    직원은 사무적인 말투로 말했다.

    서지은이 앞서 병실을 향해 걸었다.

    주희 엄마는 침대에 앉은 채 해가 지고 있는 창밖을 멀거니 보고 있었다.

    서지은이 가까이 다가가도 주희 엄마는 돌아볼 생각을 하지 않았다.

    서지은이 주희 엄마 앞에 바짝 다가섰다. 그녀를 바라보는 주희 엄마는 상대가 누군지 알아보지 못하는 눈치였다.

    "또 왔어요."

서지은의 말에도 주희 엄마는 아무런 반응이 없었다. 그러다 갑자기 나를 보고 우왕좌왕했다.

시간이 없다. 서지은은 단도직입적으로 물었다.

"동영상 봤죠? 주희 나오는."

그녀의 말에 주희 엄마의 눈에 힘이 들어갔다. 본 모양이다.

"그럼 최필수가 주희를 어디로 데려갔는지도 알아요?"

"몰라."

"진짜요?"

"모른다니까."

주희 엄마의 눈빛이 흔들렸다.

"박천정은 아줌마한테 왜 usb를 준 거죠?"

주희 엄마는 추운 듯 몸을 떨며 이불을 끌어당겼다.

"대답, 해주세요."

"모른다니까!"

주희 엄마는 버럭 소리를 지르며 벽에 바짝 붙어 앉았다.

"아줌마!"

"제발 날 가만히 내버려 둬요. 잘못했어요."

주희 엄마가 갑자기 무릎을 꿇으며 싹싹 빌었다.

"왜 그러세요?"

붉은 커튼

"잘못했어."

"뭐가요?"

이상한 낌새를 느낀 서지은이 말했다.

"저한텐 다 얘기하셔도 돼요."

주희 엄마가 나를 보았다.

서지은이 곧바로 내게 나가달라는 시선을 던졌다.

나는 밖으로 나왔다. 어둠에 잠긴 창밖을 그저 응시하고 있었다.

그렇게 십여 분 정도 흘렀을까.

서지은이 내 앞에 모습을 드러냈다.

"뭐라던가요?"

"정윤이요."

"정윤이?"

"걔가 안대요. 최필수하고 영우한테 무슨 일이 있었는지. 정윤이가 아줌마한테 얘기했대요."

"무슨 얘기를요?"

"그것까진 말하지 않았어요."

"직접 들을 수밖에 없겠네요."

내가 중얼댔다.

우리는 헤드라이트가 비추는 길을 따라 정윤의 집으로 향했다.

정윤과 함께 사는 할머니는 텔레비전을 보고 있었다. 요즘 유행하는 트로트가 신나게 흘러나오고 있었다.

불빛이 새어 나오는 방문을 내가 두드렸다.

방문이 열렸다.

주름투성이의 노파가 의아한 얼굴로 나를 쳐다봤다.

서지은을 보고는 반가워하는 눈치였다.

"전에 정윤이를 집에 바래다준 적이 있거든요."

내게 덧붙인 서지은이 할머니에게 곧장 말했다.

"할머니, 잘 지내셨어요?"

"응. 어서 들어와."

"아니에요. 정윤이 보러 왔어요."

"정윤이?"

"예. 정윤이가 안 보이던데, 어디 갔어요?"

할머니가 고개를 끄덕였다.

"틈만 나면 교회 가. 거기가 놀이터지."

할머니가 벽에 걸린 둥근 벽시계를 보았다. 저녁 8시가 조금 넘었다.

"곧 있으면 올 거야. 들어와서 기다려."

"아니에요. 저희가 그리로 가 볼게요."

정윤이 있다는 교회는 차로 십여 분을 더 가야하는 곳에 있었다. 아담한 교회였다. 불이 켜진 교회 안에 아이들이 있었다.

그 아이들 틈에 정윤이 있었다.

"제가 말할게요. 그냥 아무 것도 묻지 말고 그냥 계세요. 아셨죠?"

나는 고개를 끄덕였다.

서지은이 교회 안으로 들어갔다.

잠시 후, 서지은이 정윤이와 함께 나왔다.

"잘 있었니?"

내가 인사를 건넸다.

정윤이는 고개만 끄덕였다.

긴 나무 의자에 앉았다. 나는 먼 산에 시선을 뒀다.

"영우한테 무슨 일이 있었는지 아는 거 있어?"

서지은이 조심스레 물었다.

'영우'라는 말에 정윤의 표정이 급격히 어두워졌다.

"괜찮아, 얘기해도."

정윤이 두려운 듯 내 눈치를 살폈다.

"괜찮아. 이 아저씨도 도와주실 거야."

정윤은 쉽게 입을 열지 못했다. 그 일을 떠올리는 게 기분 좋은 건 아닐 듯했다.

"그날 영우한테 무슨 일이 있었니?"

"그게……, 그게…….."

머뭇대는 정윤은 당장에라도 눈물을 터트릴 듯했다.

"괜찮아."

지은이 정윤의 손을 꼭 잡아주자 용기를 냈다.

"영우 아빠가요."

"영우 아빠가?"

"……영우 목을요."

옆에서 듣던 나는 정윤을 주시했다.

"영우 아빠가?"

서지은이 되물었다.

"네. 영우 아빠가 영우 목을 졸랐어요. 그리고 나를 봤어요."

정윤은 그때의 그 시간에 온전히 빠져들었다. 얼이 나간 얼굴로 허공을 응시했다.

서지은이 정윤을 껴안았다.

"됐어. 더 이상 아무 얘기도 하지 마."

서지은의 눈에는 눈물이 맺혀 있었다.

정윤은 초점이 없는 눈을 하고 서지은에게 기대어 있었다.

"미안해. 정윤아. 그런 걸 물어봐서."

나는 참지 못하고 그들 사이에 끼어들어 물었다.

"다른 거는 더 본 거 없어?"

정윤은 아무 말도 하지 않았다. 나 또한 듣기를 체념해야
했다. 정윤이 뒤늦게 말문을 열었다.

"누가 있었어요."

"누가?"

내가 고개를 틀었다.

"아저씨요."

"아저씨? 누구?"

서지은이 나와는 다르게 침착한 어조로 물었다.

"누구야, 그 아저씨가?"

"박천정 아저씨요."

"그 아저씨가 거기 왜 있었어?"

"몰라요."

"거기, 진짜 있었어?"

"영우 아빠가 영우한테 그러는 걸 그 아저씨가 보고 있었
어요."

"그래서 넌 어떻게 했어?"

"도와달라고 했어요."

"근데?"

"근데 그 아저씬 가만히 보고만 있었어요."

"가만히 보고만 있었다고?"

정윤이 고개를 끄덕였다. 아까보다 더 두려워하는 것 같았다.

서지은이 정윤을 자기 품으로 끌어안았다.

어둠에 싸인 시골길이 유난히 낯설게 느껴졌다.

집에 도착하니 정윤을 기다리던 할머니가 반갑게 우리를 맞았다.

"내 새끼, 왔네. 데려다줘서 고마워."

정윤의 얼굴을 본 할머니가 서지은에게 물었다.

"근데, 무슨 일 있었어?"

"아니요."

서지은이 고개를 저었다.

"그만 들어가 보세요."

정윤이 돌아봤다.

"걱정하지 마."

서지은이 검지를 입술로 가져갔다. 비밀로 할 거라는 약속이었다. 아이의 방문이 완전히 닫힐 때까지 서지은이 우두커니 서 있었다.

우리는 정윤의 집에서 벗어나 좁은 골목을 걸었다.

"최필수는 왜 그런 극단적인 선택을 했을까요?"

내가 물었다.

"예전부터 든 생각이지만 최필수는 아내가 가출하고 난 뒤로 삶에 대해 부쩍 비관적이 됐던 것 같아요. 생활고와 절망감에 시달렸고, 그래서 더 미래파에 빠져들었을 거예요. 영우는 친구가 없었어요. 정윤이가 유일한 친구였죠. 그런 아들을 보면서 더욱 괴로웠겠죠. 죽음이 구원이 된다는 잘못된 믿음을 가지게 됐을 거예요. 술에 취해 그런 감정은 더욱 격해졌겠죠."

차에 도착한 내가 물었다.

"박천정은 왜 그 현장에 있었을까?"

그녀라고 알 도리는 없었다.

"도대체 박천정은 어떤 인간이었습니까?"

"속을 알 수 없는 인간이었죠. 자기 자신을 믿게 하곤 상대의 비밀을 털어놓게 하는 인간. 그러면 그 사람은 박천정에게 약점이 잡히는 거고, 그 약점을 이용해서 그 사람을 자기 영향력 아래에 둔 거죠. 그걸 또 즐기는 인간이었어요.

미래파 안에서도 잘 적응하지 못하는 사람을 찾아내 교묘히

접근해서 이용하는 그런 작자였죠."

　나는 동의한다는 뜻으로 고개를 끄덕였다.

죽음의 마케터

서지은의 숙소에 도착했다.

횅한 거실에 내가 홀로 앉아있는 동안 그녀는 머그잔에 커피를 타왔다.

박천정은 왜 가만히 보고만 있었을까?

그 의문이 내 머릿속을 헤집었다.

서지은이 usb를 꺼내 PC에 꽂았다.

나는 커피를 마시며 모니터에 뜬 영상을 멍하니 보았다. 그런 나와 달리 서지은은 집중해서 봤다.

나는 두려웠다.

주희의 입에서 흘러나온 지호의 목소리. 솔직히, 나를 부르는 지호의 그 목소리를 다시 들을 자신이 없었다. 내 몸이 타들어가는 듯 피부가 따끔거렸다.

나는 머그잔 속에 든 시커먼 커피를 보다가 눈을 감았다.
영상의 소리는 들리지 않았다. 서지은이 음소거를 해놓았
다. 나를 배려해서 그런 거겠지.

"뭔가 이상해요."

그녀가 말했다.

"뭐가 말이죠?"

그녀가 영상의 배속을 높였다.

"짤린 거 같아요."

"짤렸다고요?"

"원본이 아닐 수도 있어요. 이 영상 뒤에 다른 게 있었을
지도 몰라요. 뭔가 뚝 끊겨버린 느낌이 들어서요."

나는 일어나 모니터로 다가갔다.

그녀가 말했다.

"박천정이 편집을 했을 수도 있겠어요."

"원본은?"

"그 안에 더 중요한 것이 들었겠죠. 주희의 행방을 알 수
있는……."

그녀가 나를 보았다.

아빠!

붉은 커튼

지호가 속삭였다.

내가 안 보여, 아빠?

나는 눈이 확 떠졌다.

꿈이다. 주위는 고요했다. 새벽 2시다.

지호는 활활 타오르는 불길 속에서 원망스러운 눈길로 나를 바라보고 있었다.

한번 깬 뒤로 나는 다시 잠들지 못했다.

지호가 불에 타고 있었어.

아내가 내게 했던 말이다.

그랬다. 아내가 꿨던 꿈을 나 역시 꾼 것이다.

나는 날이 밝는 대로 박천정의 집으로 향했다.

박천정의 집을 하나도 빼놓지 않고 들쑤셨다.

책장을 뒤적이다 책장 안쪽에서 뭔가를 발견한 서지은이 말했다.

"이거네요."

플라스틱 약병 안에는 알약들이 들어 있었다.

빨갛고 작은 알약들이.

"박천정이 가지고 있었네요."

내가 말했다.

"이 약을 조사해 봐야겠어요."

그녀의 말에 나는 고개를 끄덕였다.

우리는 한참 동안 박천정의 서재와 의심나는 곳은 모두 뒤졌지만 usb는커녕 그 비슷한 것도 발견하지 못했다.

"분명히 있을 텐데……."

서지은이 지친 투로 중얼거렸다.

"집에 말고 다른 데 있을지도 모르죠."

"어디에요?"

"그러니까요."

나는 털썩 책상을 짚고 주저앉았다.

그때 흐트러진 책들 사이에서 명함 하나를 발견했다.

한국 마케팅 연구소. 정인철.

박천정이 마케팅 연구소와 무슨 연관이 있을까, 싶었다.

"이것 좀 봐요."

나는 명함을 서지은에게 건넸다.

그녀는 도통 모르겠다는 얼굴로 보다가 내게 명함을 돌려 줬다.

나는 '한국 마케팅 연구소'를 폰에서 검색했다.

정인철이 나눈 인터뷰 기사를 몇 건 찾을 수 있었다. 그 기사들 중 하나를 클릭했다.

인간의 역사는 죽음을 거부해 온 역사였습니다. 하지만 한스 홀바인이 그린 '대사들'이란 그림만 봐도 인간은 결코 죽음에서 벗어날 수 없습니다. 마케팅이란 것도 그래요. 죽음을 회피하고자 하는 인간의 본성을 포착해야 하거든요. 여기서 주의해야 할 점은 인간이 마냥 죽음으로부터 도망가기만 하려는 건 아니란 점입니다. 죽음이 멀찍이 있을 때는 다가가려 한다는 점이에요. 안전한 그 어느 지점까지 다가가려 한다는 거죠. 하지만 막상 죽음이 다가오려 하면 인간은 다시 부리나케 물러나죠. 죽음과 나 사이에 놓인 긴장, 그걸 마케터는 캐치해야 해요. 그런 삶의 텐션을 잡아내야 하는 겁니다. 마케터란 인간을 포착하는 직업이니까.

나는 창을 닫았다.

한국 마케팅 연구소 홈페이지를 찾아 들어갔다.

메인 페이지에 한스 홀바인의 '대사들' 그림이 크게 떠 있었다. 대사들 밑에 그려진 길쭉하고 허연 상. 가장자리에서 보면 해골이 드러난다는 그림. 따지고 보면 죽음은 도처에 있다. 인간이 아무리 죽음에서 벗어나려 발버둥을 친다고 해도, 찬란한 문명의 벽을 둘러 세워도 죽음은 인간 바로 뒤에 있다는 확실한 진실을.

죽음의 이미지를 상품에 입혀 '죽음의 마케터'라 불리고 있는 남자. 그가 바로 정인철이었다.

그와 박천정은 대체 어떤 관계일까?

나는 명함을 보며 의문에 빠졌다.

명함에 있는 번호로 전화를 걸었다.

수신음은 오래 가지 않았다. 중저음의 남자가 전화를 받았다.

"누구십니까?"

"박천정 씨를 통해 연락드렸습니다."

"박천정요?"

잠깐의 침묵이 흘렀다.

"무슨 일이시죠?"

"박천정 씨에 대해 물어보고 싶은 게 있습니다."

"박천정 씨에 대해서요?"

"예."

"별로 드릴 말씀이 없는데요."

"그러지 마시고, 물어볼 게 있습니다."

다시 대답이 없다.

"그렇지 않아도 그 사람하고 연락이 끊겨서 의아하던 참이긴 했습니다."

"만나시죠."

"그거야 어렵지는 않지만."

"그럼 한번 만나시죠."

"정 그렇다면 그렇게 하시죠."

"어디서 보면 좋을까요?"

"서울에 계십니까?"

"아, 예."

나는 그렇다고 얼버무렸다.

"그럼 사무실 근처에서 보도록 하죠. 마포 쪽에 있습니다.
근처에 오시면 전화 주세요."

나는 전화를 끊었다.

갈산에서 서울까지는 세 시간가량.

우리는 중간에 쉬지도 않고 달렸다.

서울 인근에 와서야 휴게소에 들렀다.

나는 아이스 아메리카노 두 잔을 엔제리너스에서 주문했
다. 그 사이, 화장실에 다녀오는 서지은을 멀리서 보았다.

아내가 문득 떠올랐다.

지호에게 사고가 나기 전 아내와 다녀온 동해에서 들른
휴게소.

그게 아내와의 마지막 여행이었다.

서지은이 가까이 다가왔다. 그녀의 향수 냄새가 왠지 낯설지 않았다.

그녀는 맞은편에 앉았다.

주문한 커피가 나왔다.

나는 커피를 한 모금 마셨다. 대여섯은 됐을까 싶은 아이들 둘을 차에 태우는 내 또래 남자가 보였다. 그 옆의 여자는 선글라스를 머리 위로 올린 채 아이들을 챙기고 있었다.

나도 저런 때가 있었던가.

서지은이 물끄러미 나를 보고 있었다.

"아내가 꿈 얘길 한 적이 있어요. 지호가 불에 타는 꿈을 꿨다고."

나는 잔을 쥐었다. 손이 떨렸다.

"그럼 그 얘길 주희도 한 거네요."

"그런 거죠."

"어떻게 그게 가능한 거죠?"

"주희의 입을 통해서 지호가 그런 말을 했다는 게……."

"주희가 아내 분 제자라고 하지 않았어요?"

"맞습니다."

"그럼 아내 분이 주희한테 자신의 꿈 얘길 한 게 아닐까요?"

붉은 커튼

듣고 보니 그럴 것도 같다.

"하지만 주희의 입을 통해 나온 목소리는 지호 목소리였어요."

추리를 해 나가던 그녀가 멈췄다.

"이 세상엔 설명이 안 되는 게 너무 많아요."

나는 고개를 끄덕였다.

"아내가 이런 얘길 한 적이 있어요. 지호를 너무 이르게 화장한 게 아닐까라고. 관 속에서 지호가 깨어난 건 아닐까 하고……."

"자식이 먼저 가게 되면 부모들은 다 죄책감을 가지게 돼요."

내가 그녀를 똑바로 바라봤다.

"아내 분은 무사하실 거예요."

"……."

"이제 가요."

서지은은 일부러 목소리에 힘을 주고 말했다.

우리는 차에 올랐다.

서울에 진입하고부터 차는 줄곧 막혔다.

마포구 근처에 도착한 것은 점심도 한참 지난 뒤였다.

정인철에게 전화를 걸었다. 그는 바로 받았다.

"도착했습니다. 어디로 가면 될까요?"

그가 만나자고 한 곳은 그의 사무실에서 얼마 떨어지지 않은 좁은 골목에 위치한 오래된 카페였다.

흘러간 팝송이 나오는 카페에 손님은 거의 없었다.

우리는 카페 안쪽에 자리를 잡았다.

잠시 뒤, 안경을 쓰고 머리 한쪽을 깎아 올린 깔끔한 남자가 들어섰다. 그는 기장이 짧은 청바지에 하얀색 티셔츠를 바지 속으로 집어넣었다. 그가 우리 쪽으로 시선을 던졌다.

남자가 우리에게 다가왔다.

그가 내 이름을 물었다.

나는 자리에서 일어섰다.

우리는 악수를 나눴다.

맞은편에 앉은 그가 나와 서지은을 번갈아 보았다.

"후배입니다."

내가 말했다.

"아, 그러시군요."

아메리카노 주문을 마친 그가 물었다.

"박천정 씨랑은 잘 아시는 사이인 모양이죠?"

"예. 그 사람이 선생님 얘기를 했습니다. 죽음을 마케팅에

접목한 거라든지."

"그러시군요. 저도 사실 놀랐습니다. 사람들이 죽음에 이렇게나 많은 관심을 가질 거라고는……."

옆에 있던 서지은은 부드러운 미소를 지었다.

"그래, 박천정 씨는 잘 계십니까?"

정인철이 물었다.

"전혀 모르시는가 봐요?"

"뭐가요?"

그가 나와 서지은을 번갈아 보며 물었다.

"박천정은 죽었습니다."

"죽어요?"

그가 심각한 얼굴로 나를 보았다.

"혹시, 경찰입니까?"

"아뇨. 박천정과는 어쩌다 보니 그냥 알게 됐습니다."

내가 애매하게 대답하자, 서지은이 덧붙였다.

"미래파에서 만났어요."

그가 서지은을 쳐다봤다. 그러고는 등받이에 기대 있던 상체를 앞으로 당겼다.

"어느 날인가, 박천정 씨한테서 연락이 왔습니다."

"무슨 일로요?"

서지은이 물었다.

"제안할 게 있다고 했습니다."

"제안이요?"

"천정 씨는 내게 뭔가를 주려고 했습니다. 내가 관심을 보일 거라면서."

"그게 뭔데요?"

그가 미소를 지어보였다.

"천정 씨는 기사에서 내 인터뷰를 봤다고 했죠. 사실 나도 미래파에 대한 얘기를 듣고는 있었습니다. 지인을 통해서요. 그리고 미래파 안에서 행해지고 있던 어떤 일들에 대해서도요."

서지은이 부쩍 관심을 보이는 얼굴로 그를 보았다.

그가 얼굴을 붉히며 그녀의 기대에 부응하듯 말을 이어나갔다.

"천정 씨는 미래파에서 행해지고 있는 어떤 실험에 관한 얘기를 했어요. 미래파에서 추진 중인 뇌 프로젝트에 대해서요."

"뇌?"

듣고 있던 내가 반문했다.

정인철이 고개를 끄덕였다.

"아시다시피, 전 광고를 연구합니다. 어떻게 물건을 팔 것인가. 은밀하게 물건을 사도록 인간의 심리를 건드리는 건 효과가 그렇게 크지도 않고 결과물도 시원찮을 때가 많아요. 들인 돈에 비해서요. 그래서 우린 직접 인간의 마음을 들여다보기로 한 겁니다. 인간의 두개골을 열어 직접 뇌를 관찰하기로 한 거죠. 그리고 뇌에다 특정 브랜드를 심는 거죠."

"심어요?"

내 진지한 반문에 그가 가볍게 웃었다.

"예를 하나 들어봅시다. 어떤 사람이 백화점에 가서 어떤 물건을 하나 샀다고 가정해 봅시다. 그 사람이 고른 상품이 진짜 그 사람이 원한 것일까요? 사실은 그 사람 뇌에 이미 그 상품의 브랜드가 심어져 있었던 겁니다. 자기만 모를 뿐이었죠."

"그게 가능합니까?"

"가능 여부를 떠나 어쨌든 그게 우리 연구의 최종 목표인 거죠. 사실 자기 의지대로 어떤 결정을 내린다는 건 착각일 수 있거든요. 그러니까 자기 행동을 자기가 의식적으로 정한다는 생각 자체가 환상이란 거죠. 지금도 기업에서는 소비자들의 무의식을 공략하기 위해 엄청난 돈을 광고에 들이고 있지 않습니까. 하지만 들인 돈에 비해 그 효과가 미미하다는 의심을 경영진들은 전부터 하고 있었습니다."

서지은이 정인철을 빤히 보았다.

"그래서 우린 인간의 무의식을 들여다보기로 했고, 그 답은 결국 뇌에 있었다는 겁니다."

정인철이 자기 머리를 톡톡 두드렸다.

"그래서 미래파에선 인간의 뇌를 연구한 겁니다."

"미래파에서 왜요?"

내 물음에 정인철이 여유를 부렸다.

"그야 우리가 하는 일과 비슷하죠. 저희 마케팅 연구소에는 말만 들어도 알만한 회사들이 의뢰를 해오죠. 신제품을 만들면 그것을 팔 수 있는 방법을요. 어떻게 인간의 욕망을 불러일으켜 선택을 하게 하느냐, 타사의 경쟁 제품을 물리치고 말입니다. 우리는 사람들이 그 브랜드를 선택할 수 있는 최적의 방법을 연구합니다. 미래파도 마찬가지죠. 더 많은 사람들이 미래파를 믿도록 해야겠죠. 물건을 파는 거랑 다를 게 없어요. 그래서 미래파에선 인간의 뇌를 연구했고, 천정 씨는 그 결과물을 제게 넘기려 했습니다."

그가 블랙커피를 한 모금 마시며 인상을 찌푸렸다.

"이 커피만 해도 그래요. 이렇게 쓴 커피를 마시는 데는 나도 모르는 이유가 분명히 있다는 겁니다. 어쨌든, 천정 씨는 거래를 제안했고 난 받아들였습니다. 그리고 나서 몇 번 천정 씨한테서 전화가 왔고, 어느 날부터는 더 이상 연락이 오지 않았습니다. 사실 좀 불안했어요. 천정 씨한테 무슨 일이 생겼다는 생각이 들었으니까요. 그 자료를 빼낸다는 게, 말처럼 쉬운 일은 아니잖아요. 발각됐을 수도 있고. 그래서 그냥 잊으려 했습니다. 그런데 이렇게 전화가 왔네요. 어쩌면 다시 기회가 찾아온 게 아닐까, 그런 생각이 들었습니다."

"무슨 말입니까?"

"만일 선생님께서 그 실험 결과물을 가져온다면 천정 씨보다도 더 많이 쳐 드리겠다는 말입니다. 왜냐면 천정 씨도 입증했다시피 목숨을 걸어야 하는 일이잖아요? 당연히 위험수당이 붙어야겠죠."

"왜 그렇게 그 프로젝트에 관심을 가지는 겁니까?"

정인철이 피식 웃었다.

내 물음에 정인철 대신 서지은이 말했다.

"또 다른 거래가 있을지도 모르죠. 그게 우리한테 치르는 가격보다 더 괜찮을 테고."

정인철이 빙그레 웃었다.

"빙고. 사실을 털어놓자면 친분이 있는 국회의원한테 이 얘길 했더니, 그 분이 무척 관심을 보이더군요. 난 더 비싼

값에 그 의원과 거래를 하겠죠. 하지만 이런 이유 말고도 난 더 큰 꿈이 있어요. 그것만 생각하면 가슴이 벌렁벌렁하니까요."

"그게 뭔데요?"

내가 물었다.

"모든 광고쟁이들의 꿈. 소비자가 스스로의 의지로 상품을 구매했다고 생각하게 만드는 것. 그건 정치인도 마찬가지죠. 유권자가 스스로의 의지로 후보를 찍었다고 생각하게 하는 것. 정말 획기적이고 놀라운 마케팅 아니겠습니까? 그걸 미래파에서 연구했다는 겁니다. 교묘한 방법으로 설득하는 것보다 훨씬 경제적이고 실용적인 방법이죠."

그가 커피를 한 모금 마시며 인상을 또 찌푸렸다.

"어떻습니까?"

정인철이 우리를 번갈아 보며 동의를 구하고 있었다.

나는 주머니에서 빨간 알약을 꺼냈다.

알약을 본 그의 눈빛이 반짝였다.

"오호."

"이 약이 뭔지 아십니까?"

정인철이 입을 삐쭉 내밀며 고개를 끄덕였다.

"기억을 소거해 주는 약이죠."

"기억을요?"

"사람들한테는 누구든지 떠올리기도 싫은 기억이 있지 않습니까? 그 지우고 싶은 기억만을 지워주는 약이죠. 어느 특정 순간의 기억을. 보통은 기억하고 싶지 않은 과거의 일이죠. 그 기억을 지워준다고 천사의 약이라 불렸어요. 하지만 그건 생각처럼 쉬운 게 아니었습니다. 이걸 중국의 한 제약회사가 개발했고, 사람들을 모집해 임상실험까지 했어요. 근데 문제가 생겼어요."

"문제라면, 어떤?"

"이 약을 복용하면 초반엔 환각 효과를 일으켜요. 계속 사용하게 되면 기억을 잃게 되고요. 그런데 특정 기억만 지워지는 게 아니라, 다른 모든 기억까지 지워지게 되는 거죠. 암세포만 딱 골라 처치하는 항암제 개발이 어려운 것처럼. 멀쩡한 뇌세포까지 엉망으로 만들어버려요. 모든 기억을 지워버려서 기억상실을 유발한 거죠. 그래서 이 약은 모두 폐기처분됐어요. 근데 한국으로 흘러들어 왔어요. 미래파에서 이용한 거죠. 미래파에서는 두뇌 연구에 이 약을 이용했어요. 환각제처럼 중독시켜 종국엔 기억을 지우는 거죠. 인간의 뇌를 포맷하기엔 아주 그만이죠."

"그래서요?"

"새로운 뭔가를 이식하겠죠."

"뭘 이식한다는 겁니까?"

정인철이 팔짱을 끼며 미소를 지었다.

"미안하지만 나도 그 이상은 몰라요."

서지은이 말했다.

"미래파에서 신자들에게 이 약을 줬어요."

정인철이 무거운 한숨을 내쉬었다.

"더 이상 생각하면 골치가 아파요. 어느 선에서 멈춰야 겠죠."

정인철이 나를 보았다.

"그나저나 제가 한 제안을 한번 생각해 보세요. 박천정보다 더 주겠다는 제안 말입니다."

그러면서 정인철이 불쑥 일어섰다.

내가 물었다.

"박천정은 대체 어떤 인간이었습니까?"

"통증클리닉 병원에서 일하던 사무장이었다는 것만 알죠. 어깨 너머로 그 병원 원장한테서 재밌는 기술도 배웠고."

"어떤 기술이죠?"

"왜 있잖아요. 최면 같은 거. 사람을 조종하는."

정인철의 말에 서지은이 물었다.

"그 원장, 누군지 아세요?"

"물론 알죠. 신은호라고. 한국 신경분석학의 권위자죠."

서지은의 표정이 어두워졌다.

"알아요?"

내가 물었다.

"이 약도 신은호 그 사람이 한국에 들여온 겁니다. 그렇게된 거죠. 오늘은 여기까지. 오늘 한 얘기들에 흥미가 생기면 연락 주시고. 그럼 전 이만."

그러면서 정인철은 카페 출입구로 유유히 걸어갔다.

"신은호는 미래파 신자들 중에서도 열렬한 신자였어요. 그는 대구에서 병원을 운영하고요."

정인철이 나가고 난 뒤, 서지은이 말했다.

나는 인터넷에서 신은호를 검색했다. 그의 사진이 떴다.

서지은에게 보여줬다.

"이 사람, 맞아요. 약을 밀수해서 미래파 신자들에게 줬어요. 자신을 찾는 환자들한테도. 잊지 못하는 고통으로 괴로워한 사람들에게요. 그들에겐 한마디로 구원제였죠. 그러면서 신은호는 스스로 구원자가 됐어요."

나는 서지은을 보았다.

"그는 환자들에게 최면을 걸어 자살을 하도록 부추겼어

요. 독극물을 삼키게. 죽음을 통한 영생이라 불렀죠."

"죽음을 통한 영생?"

"일차적으로 죽어야 한다는 거죠. 새롭게 태어나기 위해서는. 그런 면에서 그가 조성길을 죽였을 가능성이 커요. 조성길과 미래파의 일인자 자리를 놓고 충돌이 생겼겠죠."

"그럼?"

"신은호가 미래파 교주 조성길을 죽였을 거예요."

카페를 나온 우리는 바로 갈산으로 향했다. 읍내에 도착했을 무렵 서지은이 말했다.

"주희 아빠 상태가 어떤지 확인해 봐요."

"주희 엄마한테 약을 준 건 김병기였어요. 그는 박천정한테 약을 받았을 거고."

나는 읍내에 위치한 병원으로 차를 몰았다.

병원으로 들어선 나는 간호사에게 다가가 물었다.

"김병기 씨 몇 호실입니까?"

환자 차트를 들여다보던 간호사는 고개를 저었다.

"여기 없는데요."

"없다고요?"

"예. 여기선 치료가 안 돼서 안동병원으로 이송됐어요."

우리는 안동병원으로 가야 했다. 가는 동안 날이 어두워졌다. 차량은 불안하리만치 조용했다. 한 시간여의 어둠을 달려 우리는 병원에 도착했다.

병원으로 들어선 서지은이 간호사에게 물었다.

"여기 김병기라는 환자 있어요?"

간호사가 차트를 살피더니 없다는 듯 고개를 저었다.

"김병기, 여기 없는 게 확실해요?"

"없어요. 뭐 잘못 알고 오신 거 아닌가요?"

간호사의 말에 서지은이 답답한 듯 나를 보았다.

나는 그녀를 데리고 병원 밖으로 나왔다.

"어디로 사라진 걸까요?"

"그러게나 말이에요."

그렇게 말하던 서지은이 뭔가 생각난 듯 말했다.

"그럼, 한 군데밖에 없어요."

"어디요?"

"신은호가 운영하는 병원."

떠도는 목소리

우리는 미래통증의학과 병원 앞에 차를 세웠다. 유상호를 따라 전에 왔던 바로 그 병원이다. 간호사가 우리를 보고 일어섰다.

서지은이 간호사에게 다가가는 사이, 나는 걸음을 옮겼다. 코너를 돌자 유상호가 도망쳤던 문이 보였다. 나는 그 문을 열었다.

벽에는 젊은 조성길과 나이든 조성길의 사진이 일정한 간격으로 걸려 있었다. 책을 보거나 뭔가 골똘히 생각에 잠긴 사진들뿐이다. 붉은 페인트가 칠해진 문은 복도 끝에 있었다. 아래층으로 내려가는 나선형 계단이 나타났다.

내 위치를 서지은에게 문자로 알렸다. 그리고 계단을 밟고 아래로 내려갔다.

왼편으로 세 개의 방이 띄엄띄엄 위치했다.

나는 그 중 첫 번째 문을 조심스레 열었다. 방을 가르는 노란색 커튼이 바닥까지 내려와 있었다. 그 커튼을 걷었다. 커튼 안쪽은 텅 비어있었다. 뭔가 있을 거라 여겼는데, 아무것도 없었다.

함정에라도 빠진 기분이다. 이곳에서 나가야한다. 문이 열리지 않았다. 나는 있는 힘껏 밀쳤으나 꿈쩍도 하지 않았다. 그 순간, 진한 레몬 향이 방 안 어디에선가 풍겨 나왔다. 그 향이 어느 순간 나를 압도했다. 내 시야가 어지럽게 빙글 돌았다.

잠시 후, 눈을 떴다. 매끈한 하얀 천정이 보였다. 머리가 지끈거렸다. 바닥에서 간신히 일어났다.

내 앞을 가로막고 있는 커튼을 열어젖혔다.

뜻밖에도 김병기가 그곳에 있었다. 머리에 붕대를 칭칭 감고 있었다. 그는 황홀한 얼굴로 뭔가를 응시하고 있었다. 잔뜩 기대가 담긴 얼굴로.

긴 침묵.

누군가의 목소리가 뒤늦게 흘러나왔다.

"아빠."

소녀의 목소리였다.

"주희야!"

김병기가 탄식처럼 내뱉었다. 그러면서 그는 딸의 목소리가 흘러나오는 곳을 찾아 방을 빙빙 돌았다.

나는 그런 김병기를 시선으로 쫓았다.

왼쪽의 흰 벽이 갑자기 밝아왔다. 벽에 김주희의 모습이 떠올랐다. 김주희는 붉은색 의자에 앉아있었다.

"아빠, 난 괜찮아요."

"미안해. 그때 널 구했어야 했는데…… 겁이 났어. 난, 난 아무 것도 안했어."

"괜찮아요, 아빠."

"미안해, 주희야."

김병기는 눈물을 쏟았다.

한참을 통곡하던 김병기가 번쩍 고개를 쳐들었다. 그의 눈빛이 잔인하게 변해 갔다.

"내가 그 놈을 죽였다."

김주희는 그 말을 듣고도 아무 대답도 하지 않았다.

"그 놈의 아들까지. 영우를 죽일 생각은 없었는데 어쩔 수 없었어. 영우가 그만 보고 말았거든."

김병기는 넋두리처럼 중얼거렸다.

김주희가 계속 아무 대답이 없자, 김병기가 당황한 얼굴로 딸을 보았다.

"잘못했다."

김병기는 머리를 푹 숙이고 파르르 어깨를 떨었다.

"너도 이런 날 용서할 수 없겠지."

김병기는 딸을 차마 볼 수 없다는 듯 물러났다.

그가 고개를 돌렸다. 그 뒤에 있던 나를 보자 김병기는 놀랐다. 자신이 한 얘기를 내가 다 들었다는 생각에 변명하듯 말했다.

"난 이용당했어."

나는 누구한테 당했냐고 눈빛으로 물었다.

"박천정에게."

김병기가 그렇게 말한 순간이었다.

"참회의 방에 온 걸 환영해요."

나는 등 뒤에서 들려오는 여자의 목소리에 끔쩍 놀라 돌아봤다.

아무도 없었다. 부드러운 목소리만이 그저 허공을 떠돌았다.

"누구야?"

"여긴 자신의 죄를 털어놓는 곳."

붉은 점 하나가 흰 벽에 박혔다.

나는 그 붉은 점을 바라보았다.

벽에 있던 김주희가 사라졌다.

아내가 등장했다.

아내는 언젠가 나와 갔던 바로 그 동해 바닷가 앞에 서 있었다.

나는 미소 짓고 있는 아내를 넋을 놓고 보았다.

"나영아."

나는 조용히 아내를 불렀다.

아내가 나를 응시했다.

나는 아내 앞으로 바짝 다가섰다.

"하고 싶은 말이 있으면 하세요. 나영 씨는 그걸 기다리고 있는 거예요."

나는 머릿속이 하얘졌다. 아내의 상이 갑자기 사라졌다.

사방이 깜깜했다.

그러다 방 한가운데서 한 줄기 빛이 나타났다. 그 빛은 투명한 형체를 띠었다. 아내의 홀로그램이었다. 내가 손을 뻗어 닿으려 하자 아내는 사라졌다. 아내는 그렇게 나타났다 사라졌다를 반복했다.

아내의 홀로그램이 허공 한가운데에 다시 자리를 잡았다.

"우린 이렇게 추모를 해."

실체가 없는 목소리가 말했다.

나는 아내의 눈동자를 뚫어져라 바라봤다.

"나영 씨도 왔지. 이 방에. 지호를 만나러."

아내의 눈에는 눈물이 맺혀 있었다.

"지호가 떠나고 나영 씨는 정말 외로워했어."

"난……."

나는 말을 잇지 못했다.

목소리가 속삭였다.

"지호와 참 많은 대화를 나눴지."

나는 털썩 주저앉았다.

대체 넌 뭘 했냐는 힐난이 목소리에 숨겨져 있었다.

아내의 슬픔을 함께하지 못한 것이 마음에 사무쳤다.

"미안해. 정말."

"괜찮아. 여보."

"미안해. 당신 말이 맞았어. 지호는 살아 있었어."

나는 울먹이며 아내에게 손을 내밀었다. 아내의 손을 잡으려 했지만 내 손은 이내 아내의 손을 허무하게도 통과해 버렸다. 이 모든 것이 허상임을 깨달았다.

"아내를 만나니 어때?"

목소리가 물었다.

"이건 아내가 아니야."

"나영 씨는 영원히 살게 됐어."

"영원히 산다고?"

"영생에 대한 생각은 사람마다 달라."

"헛소리 마."

목소리가 허공에서 떠돌았다.

"사람들은 신 대신 과학을 믿게 됐어. 교회는 다른 수익사업이 필요했어. 죽은 가족이나 연인을 가상공간에 탄생시켜 고인을 만나게 하는 거지."

"그 따위 얘긴 집어치워. 나영이 어딨어?"

"아내를 만나고 싶은 모양이지?"

"빨리 말해!"

"곧 만나게 될 거야. 하지만 이건 알아둬. 나영 씨가 원했단 걸."

"원했다고? 누굴 바보로 알아!"

목소리가 낮게 웃었다.

"세상은 알 수 없는 것 투성이야. 당신이 어떻게 생각하든 나영 씨는 영원히 살고 있어."

"그딴 말 집어치우라구."

"나영 씨에 대해 생각 외로 아는 게 별로 없네."

"아는 게 없다고?"

"하긴 나도 동생에 대해 아는 게 별로 없었지. 김병기가
동생을 죽이기 전에는."

"당신, 최현자?"

"반가워. 이렇게 만나네."

나는 목소리가 나오는 곳을 찾아 주위를 살폈다.

"김병기가 자백을 해서 알았어. 딸 앞에서는 거짓말을 못
하잖아."

"그래서 김병기를 어떻게 할 건데?"

"벌써 용서했어. 신 앞에 우린 모두 죄인이야."

"그런가?"

"김병기는 딸의 복수를 한 거야."

한쪽 벽면에 어떤 영상이 떴다. 김병기와 그의 아내였다.
피가 흐르는 칼을 든 채 김병기는 쓰러진 최필수를 보고 있
었다. 마당에는 영우가 서 있었다. 김병기가 먼저 영우를 보
았다. 그의 아내도 곧 영우를 보았다. 김병기의 아내가 영우
에게 달려갔다. 그녀는 한 치의 망설임도 없이 영우의 목을
졸랐다.

영상이 바뀌었다.

미래학교 식당이다. 김병기의 아내가 식당으로 들어왔

다. 그녀는 미역국에 뭔가를 넣고 나갔다. 잠시 뒤, 김병기와 어떤 남자가 들어왔다. 그들은 저마다 솥에 있는 국을 대접에 담아 자리로 가 앉았다. 김병기는 숟가락을 들고 있었다. 먼저 국을 입에 넣은 남자가 피를 토하며 쓰러졌다. 남자는 주희의 죽음에 가담한 자였다. 김병기는 숟가락을 조용히 놓았다.

"이게 다 박천정 때문이야."

최현자의 목소리가 말했다.

"무슨 말이야?"

"박천정이 병기 씨 아내한테 usb를 줬잖아."

"왜지?"

"그 놈은 우리를 배신했어. 우리의 실험 자료를 마케팅 회사에 팔아넘기려 했거든. 그걸 내 동생이 막은 거야. 동생을 죽이는데 그 사악한 놈은 병기 씨 아내를 이용했어. 제 손엔 피 한 방울 안 묻히고. 남편은 겁이 많지만 아내는 아니잖아."

"용서해 주세요. 제발."

김병기는 실성한 사람처럼 사정했다.

"딸의 복수를 한 끝은 비참했어. 병기 씨 아내는 시간이 갈수록 미쳐갔어. 죽은 사람들이 보인다고 했지. 특히 영우가."

나는 벽 쪽을 보았다.

또 다른 영상이 나타났다. 박천정의 방이다. 김병기가 바닥에 놓인 과도로 박천정의 목을 그었다.

내 차 조수석에 있던 그 과도다.

"박천정은 왜 죽였지?"

내가 물었다.

김병기가 허공에 대고 고함을 질러댔다.

"난 박천정을 믿었는데……."

"무슨 소리야?"

"주희가 최필수에게 업혀 나갔어. 교장이 캠코더를 들고 자기 책상 쪽으로 가는 걸 봤어. 나는 교장이 교장실을 나가자마자 캠코더에 꽂힌 칩을 챙겨 도망쳤어. 하지만 어떻게 할지 몰라 고민하고 있을 때 유상호를 만났어. 유상호가 미래파에 불만이 많다는 걸 알고 있었어. 그에게 영상 얘길 꺼냈지. 영상을 확인한 유상호가 자기가 알아서 해 주겠다고 했어. 그래서 유상호한테 칩을 줬는데 그 놈이 그걸 박천정한테 홀라당 넘겨버린 거야. 약을 받아내려고."

"그래서 유상호를 죽였나요?"

최 교장의 목소리였다.

"놈이 배신했으니까."

"그 다음엔 어떻게 됐죠?"

"난 박천정에게 영상을 돌려달라고 했어. 그러자 박천정이 말했어. 걱정하지 말라고. 자기도 최 교장을 싫어한다면서. 복수를 해주겠다고. 근데 그 빌어먹을 새끼가 아내한테 그걸 보여준 거야. 그 개새끼가."

"병기 씨도 약을 먹어야겠네. 죄책감에 횡설수설하던 아내에게 약을 줬지만 자기도 먹을 차례가 됐네."

목소리가 덧붙였다.

"병기 씨 아내는 약을 먹고 평안을 얻었어."

나는 김병기에게 시선을 던졌다.

"잘못했어. 내가 정말 잘못했어."

김병기는 뭘 잘못했는지도 모른 채 용서를 구했다.

"당신도 머리가 어떻게 된 거 같은데, 진실은 그게 아닙니다. 괜한 죄책감에 시달릴 이유가 없어요. 최필수 부자가 죽은 건 비극적인 사건이었으니까."

나는 허공에 대고 소리쳤다.

"실상은 이런 거야. 듣기 괴롭겠지만 당신 동생 최필수가 아들을 죽이고 자살한 거야. 그건 당신도 받아들이기 쉽지 않겠지. 누나 입장에선 당연히 이따위 얘길 지어내고 싶었겠지."

"누가 그 얘길 해줬지?"

붉은 커튼

"그딴 게 중요한 게 아니잖아!"

"정윤이가 말해준 거 아냐?"

나는 당황했다.

조롱하는 듯한 웃음소리가 방 안을 맴돌았다.

"맞네."

"어떻게 알지? 그걸?"

"주입된 거야."

"뭐?"

"거짓 기억이 주입된 거야."

"그게……."

"박천정이 병기 씨를 도와준 거야. 괴로워하던 병기 씨를 위해 가짜 목격자를 만들어준 거야. 영우의 유일한 친구 정윤이. 어린애는 거짓 기억을 주입하기가 용이해."

박천정이 보고 있었다는 정윤의 말이 내 귓가를 스쳐갔다.

무거운 침묵이 흘렀다.

"이딴 개소리 다 집어치우고 내 아내 있는 데나 말해!"

나는 악을 썼다.

"나영 씨는 아들을 잊지 못했어."

목소리가 계속 말했다.

"지호하고 있어. 영원히."

"대체 아내를 어쨌냐니까!"

나는 어둠 저편 어딘가에 숨어 있을 최현자를 찾아 눈동자를 굴렸다. 그때 구두 소리가 들렸다. 그 소리를 따라 발걸음을 옮겼다.

열린 문에서 빛다발이 쏟아져 내렸다.

나는 찡그린 채, 밖으로 뛰어나갔다.

복도로 나왔다.

아무도 없었다.

하얀 복도를 따라 걸었다. 문이 열린 끝 방에 닿았다. 그 방은 살짝 열려 있어서 나는 그 안으로 들어섰다.

사방이 온통 흰 벽지로 발라져 있었다. 내 앞에는 붉은 암막 커튼이 쳐져 있었다. 나는 그 커튼을 확 젖혔다.

사람의 뇌가 든 투명 유리병이 그곳에 있었다. 뇌에는 전극 다발이 꽂혀 있었다. 그 옆에는 대형 모니터가 세워져 있었다. 추상화에서나 봄직한 선의 패턴들이 거미줄처럼 어지럽게 그려지고 있었다.

나는 병 속에 든 뇌를 가만히 응시했다. 누군가의 인기척이 등 뒤에서 느껴졌다. 고개를 돌렸다.

무테안경을 쓴 150센티미터를 조금 넘을까 말까 한 노년의 남자가 두 손을 얌전히 모으고 서 있었다.

그가 누군지 나는 대번에 알아봤다.

"신은호!"

내 입에서 이곳 병원장의 이름이 흘러나왔다.

"반가워요."

신 원장이 한 걸음 다가옴에 따라 나는 한 걸음 뒤로 물러났다.

"아내를 찾는다고 들었는데요?"

"나영이 어딨습니까?"

"바로 앞에 있잖아요."

"무슨 말입니까?"

앞에 있다는 말에 나는 당황했다.

신 원장은 자신의 시선을 내 앞에 있는 뇌로 옮기며 말했다.

"낯선 모양이죠?"

"인사해요. 그렇게 찾아다녔잖아요."

"이, 이게…… 나, 나영이라고?"

나는 믿을 수 없었다. 이게 어떻게 나영이냐고 버럭 따져 물었다.

"그런가요?"

신 원장은 빙긋이 미소를 지었다.

"한번 말해보세요!"

나는 다그치듯 했다. 그러자 모니터에서 파장이 생기며 음성이 흘러나왔다.

"여보, 오랜만이야."

아내의 목소리와 똑같다.

나는 다시 뇌를 바라보았다. 뇌 뒤쪽에 삽입된 전극을 따라 연결된 모니터 속 음파가 요동쳤다.

"인간의 의식은 전부 이 뇌에서 나와요. 인간의 감정도 마찬가지고. 슬픔, 기쁨, 두려움, 공포, 환희 등 모든 희로애락이 바로 여기 뇌에서 나오는 거예요. 인간은 뇌인 거죠. 여기 이 뇌가 당신 아내인 것처럼."

"이건, 내 아내가 아니야. 나영이 아니라고."

"그럼 뭐죠?"

나는 마땅한 답을 찾지 못해 머뭇거렸다.

"......?"

"설마 이걸 그냥 그런 고깃덩어리로 생각하는 건 아니겠죠? 신체는 도구에 불과해요. 진짜가 아니란 말이에요. 우린 옛날부터 신체라는 이미지에 너무 매몰돼 있었어요. 그게 문제였던 겁니다. 오래전부터 인류는 인간에 대한 미스

붉은 커튼

터리를 풀기 위해 엄청난 시간과 돈을 투자했어요. 결국 우리가 밝혀낸 건 이 뇌 속에 모든 해답이 있었다는 거죠. 이 1.5킬로그램 고깃덩어리에 말입니다."

신 원장의 목소리엔 자신감이 흘러넘쳤다.

"나영 씨."

그가 내 아내의 이름을 불렀다.

뇌가 만들어내는 파장이 모니터 상에서 격렬하게 요동 쳤다.

"당신을 오랜만에 봐서 마음에 동요가 생겼나 봐요. 슬픔을 느끼는 것 같네요."

"슬픔을 느낀다고?"

"당신의 슬픔에 공감하는 거죠."

나는 신 원장을 쏘아봤다.

"이건, 나영이 아냐."

"당신의 그 발언이 지금 나영 씨의 마음을 얼마나 아프게 하는 줄 알아요? 자기 존재를 부정당하니 나영 씨가 얼마나 마음이 아프겠어요?"

"이게 어떻게 내 아내란 거야? 이건 그냥……."

"그냥 뭐요?"

"이건 그냥 두개골 안에 있는……."

"예전에도 뇌가 나영 씨의 전부였는데, 왜 계속 부인하려는 건지 모르겠네요. 인간이 뇌를 초월한 그 어떤 특별한 존재란 걸 믿고 싶은 모양이죠? 인간의 의식이라는 건 신경 세포들의 거대한 연결망에서 나온 결과물에 불과하단 사실을."

"이건 범죄야!"

"범죄?"

"나영인 이런 걸 원치 않았어. 당신들이 이렇게 만들어놓은 거야. 나영의 뇌를 전시해놓고 이게 나영이라고 강요하고 있잖아."

"강요한다고?"

"물론이지."

"나영 씨는 영원한 삶을 선택한 거예요. 나영 씨의 뇌 정보는 데이터로 변환되어 슈퍼컴퓨터에 입력되어 있어요. 당신은 데이터가 저장된 칩을 가져갈 수 있어요. 당신은 나영 씨와 영원히 함께할 수 있어요."

"그딴 소리 집어치워! 나영이 육체는 어딨어?"

"육체는 없어요."

"그러니까, 그게 범죄가 아니면 뭐란 거야?"

"우린 나영 씨를 죽인 적이 없어요."

"헛소리 마."

"쯧쯧."

"나영일 살려내란 말이야!"

나는 신 원장의 멱살이라도 잡을 기세로 그에게 달려들었다. 그러다 전기 쇼크에 감전되어 쓰러졌다. 전기충격기가 신 원장의 손에 있었다. 내 입에서는 침이 질질 흘러나왔다.

모니터에 나타난 아내의 뇌파는 더욱 요동치고 있었다.

"나영 씨는 지금 괴로워하고 있어. 그게 안 보여? 당신이 자기를 알아보지 못하니까. 얼마나 괴롭겠어? 그녀는 지금 외치고 있다고. 나, 여기에 있어요. 여기에."

"헛소리 그만해."

나는 비틀거리며 일어났다.

"그럼, 이걸 없애 봐. 아내가 아니라면서. 한번 없애보라고."

신 원장은 나를 비웃듯 말했다.

나는 유리병의 뇌를 바라보기만 했다. 이러지도 저러지도 못했다.

그때, 맞은편 창문으로 누군가 들어오는 게 보였다. 그는 침대에 꽁꽁 묶여 있었다. 얼굴은 검은 천으로 덮여 있었다. 그가 입고 있는 옷을 본 순간, 나는 그가 누군지 대번에 알아봤다.

서지은이었다.

흰 가운을 걸친 남자가 서지은의 얼굴을 덮고 있던 천을 들췄다. 서지은의 머리는 젖혀져 있었고 두개골은 완전히 열려 있었다. 은색 침이 어지럽게 그녀의 뇌 곳곳에 박혀 있었다.

소음에 가까운 소리는 방에서 새어나왔다.

나영의 뇌가 반응했다. 모니터 속 뇌파가 어지럽게 움직였다.

신 원장이 말했다.

"소리가 입력되어 모니터로 나오고 있는 겁니다."

나는 모니터로 시선을 던졌다.

"나영 씨는 자신이 듣고 있는 소리 자극을 이렇게 시각 이미지로 출력하고 있는 거예요."

신 원장이 서지은을 향해 고개를 돌렸다.

서지은이 발작을 일으켰다. 알 수 없는 약물이 그녀의 팔에 투여되자 그녀의 발작이 잦아들었다.

신 원장은 나를 정면으로 보고 말했다.

"이제 고통이 사라지는 순간입니다. 뇌는 고통을 느끼지 않는 장기죠. 이 고깃덩어리가 우리를 있게 하잖아요. 서지은은 이제 곧 새로운 세상을 보게 될 겁니다. 미래파의 위대한 지도자이신 그 분의 의식이 그녀의 정신에 깃들게 될 테니까."

서지은의 뇌에 가느다란 침이 들어가고 있었다. 그 침이 반짝반짝 붉게 반응했다. 컴퓨터 속 데이터가 모니터로 요란하게 출력됐다. 화면에는 기하학의 이미지들이 둔중한 기계음에 맞춰 춤을 추고 있었다.

신 원장은 턱을 매만지며 흥미롭게 지켜봤다.

서지은은 기묘한 표정을 짓고 있었다.

"그녀의 기억이 지워지고 있어요. 서지은은 이제 평안을 얻게 될 겁니다. 모든 걸 잊은 채로. 이제 조성길의 기억을 주입하면 됩니다."

서지은의 후두엽에는 작은 구멍이 나 있었다. 그 구멍으로 전극과 컴퓨터가 연결되어 있었고, 컴퓨터 화면에는 단색의 선들이 바삐 움직였다.

붉게 빛나는 칩이 서지은의 후두엽으로 옮겨가고 있었다.

"그만해."

나는 소리쳤다.

그리고 그때 신문사 사장 딸 김정미가 그 방에 나타났다. 살짝 올라간 입가엔 잔잔한 미소가 어려 있었다. 붉은색 뿔테 안경이 김정미의 코를 타고 흘러내렸다.

"미래파는 영생을 추구해. 영생을 할 수 있는 방법은 노화되고 손상된 장기를 새로운 장기로 갈아치우면 돼. 근데 영생하는 데는 그것 말고 다른 방법도 있어."

김정미의 말에 나는 어리둥절했다. 무슨 말을 해야 될지 몰랐다. 김정미가 말을 이어갔다.

"디지털 영생이란 거야. 정보를 전달할 때는 뇌 속 신경세포 사이에 전기 신호가 발생해. 그 전기 신호를 데이터로 바꿔 컴퓨터에 저장하고 그렇게 저장된 파일을 초소형 인공지능 칩에 다운로드한 뒤 딴 사람의 대뇌피질에 이식하면 끝."

김정미가 서지은을 손가락으로 가리켰다.

"조성길은 유한한 육체를 벗어나 무한한 경지에 이르고 싶어 했어. 하지만 그는 컴퓨터 안에 홀로 갇혀 있길 거부했어. 그는 정신을 담을 그릇, 뜨거운 피가 흐르는 육체를 원한 거야. 남자도 되었다가 여자도 되었다가."

"그게 가능한 얘기야?"

"물론, 문제는 있어. 기존에 있던 기억을 완전히 소거한다고는 해도 완벽하진 않다는 점. 중간에 기억 교란이 일어나기도 했고, 게다가 다운로드 중간에 파일이 바이러스에 오염되기도 하겠지만 결국은 성공하게 될 거야."

붉은 커튼

나는 경멸어린 눈길로 김정미를 보았다.

"인간에겐 삶을 선택할 자유가 있어."

김정미는 "자유?"하며 비웃고는 말했다.

"그런 게, 진짜 있다고 생각해?"

옆에 있던 신 원장이 흥미롭다는 듯이 나를 살피며 말했다.

"조성길은 잘 살고 있어요. 컴퓨터 속에서."

나는 신 원장과 김정미를 번갈아 보았다.

"당신들이 공모해서 조성길을 죽였군."

"죽여? 아니지. 영생한 거지. 그것도 혼자가 아니라."

김정미의 말은 잘 이해되지 않았다.

"무슨 말이야?"

"최현자. 미래학교 지하실에서 봤을 텐데. 그 여자의 뇌가 거기 있잖아."

"그럼, 아까 그 목소리는?"

"그녀는 조성길을 따라갔어. 컴퓨터 속에서 살고 있지."

"모두가 그따위 영생을 원한다고 생각해?"

김정미가 고개를 끄덕였다.

"항상 예외는 있는 법!"

신 원장이 우리의 대화에 끼어들었다.

"그 예외 때문에 쉽지만은 않아요. 도저히 설명이 안 되는 뇌도 있으니까."

김정미가 혼잣말처럼 "죽은 자를 보는 뇌"라고 중얼거렸다.

신 원장이 미간을 찌푸렸다.

"그 아이의 뇌를 보고 싶었지."

"그래서 김주희를 납치했군."

"그 아이의 뇌를 연구했지만 그럼에도 찜찜하게 남는 어떤 것이 있었어. 도저히 해명 안 되는 그 어떤 것."

"김주희는 어딨지?"

"바로 옆방에."

"당신은 미쳤어."

"나영 씨는 제자와 함께 잘 지내고 있어. 주희 양의 뇌처럼 도저히 설명이 안 되는 뇌도 있긴 해. 하지만 인간에겐 별다른 선택지가 없어. 인간은 결국 디지털 신호로 존재하게 될 테니까. 모니터상의 빛과 선으로."

신 원장의 말이 이어지는 동안 나는 아내의 뇌를 보았다. 뇌파가 움직이고 있었다. 나를 부르고 있는 듯했다. 실체가 없는 나영이라니. 끔찍했다. 나는 현기증이 몰려왔다.

"괴로운가?"

신 원장은 팔짱을 낀 채 나를 지켜보고 있었다. 실험관 속 동물을 지켜보듯 내 반응을 살피고 있었다.

"괴로우면 약을 먹어."

김정미가 말했다. 그러면서 빨간 약을 건넸다.

"평안을 얻을 거야."

나는 약을 받는 척하며 김정미의 허리춤에 있던 전기 충격기를 세게 빼들었다. 그러곤 커튼 밖으로 도망쳤다.

누군가 내 앞을 가로막았다.

묵직한 곤봉이 내 왼쪽 어깨를 강타했다.

남형만이었다. 그는 내 손에 들린 전기 충격기를 김정미에게 건넸다.

"수고했어."

남형만이 김정미를 향해 고개를 숙였다.

김정미는 쓰러진 내 얼굴에 허연 천을 씌웠다. 익숙한 향수 냄새가 잔잔히 스며들었다.

나는 정신이 몽롱해졌다. 냄새의 정체를 알만 했다. 나영의 향수 냄새다. 삶에 대한 내 몸부림조차 부질없게 만드는 강력한 냄새다.

나는 혼미한 정신 상태로 어디론가 질질 끌려갔다.

문이 살며시 열렸다가 닫혔다.

남형만은 내 옷을 벗겼다. 그는 나를 가죽 의자에 앉혔다. 맨살에 닿는 차가운 느낌이 그대로 전해왔다. 순간, 오싹했다. 내 얼굴엔 여전히 흰 천이 씌워져 있었다.

그리고 내 시야를 가렸던 천이 벗겨졌다.

나는 남형만이 밖으로 나가는 것을 지켜봤다.

그날 이후로 남형만은 정해진 시간에 들어와 내게 밥을 주고 나갔다. 밥은 하루 두 번으로 점심은 없었다. 토스트 몇 조각과 주스가 전부였다.

나는 나영의 향기가 스며든 천에 코를 박고 지냈다. 지금의 감금을 버티게 하는 유일한 힘이었다.

향기는 어느 날부터인가 나영의 형체를 만들어갔다. 나영의 홀로그램이 내 가슴을 통과했다. 잊을 수 없는 아내의 향기가 내 몸을 자극했다.

나는 아내와 섹스를 나눴다. 너무도 짜릿했다. 모든 고통에서 벗어난 것 같은 쾌감이 일었다. 가끔은 섹스 도중 나영의 얼굴이 바뀌었다. 서지은으로, 박천정으로, 수연의 얼굴로. 나의 아내 나영과 그들의 경계가 사라지고 있었다.

어느 날은 벌거벗고 욕조에 들어앉아 있었다. 뜨듯한 수증기가 피어올랐다. 수증기로 흐릿한 욕실. 나는 좋은 기분에 호흡을 크게 했다. 수연 역시 벌거벗고 나를 기다리고 있었다. 뜨거운 욕조에서 나는 후배와 뒤엉켰다. 천장에서 전화벨이 미친 듯 울려대고 있었다.

붉은 커튼

나는 전화벨을 무시하고 수연의 목을 끌어안았다. 그럴수록 수연은 내게 딱 달라붙었다. 나는 문뜩 고개를 쳐들었다. 타일 틈으로 누군가 나를 응시하고 있다.

지호였다.

접시에는 빨간 약 한 알이 놓여 있었다. 나는 그 약을 삼켰다. 약을 먹고 나서는 곧바로 잠에 빠져들었다.

그렇게 얼마나 지냈을까.

나는 그날도 다른 날과 마찬가지로 나영과 나눌 더 큰 쾌락을 기대하며 침대에 자빠져 있었다.

하지만 그날은 달랐다.

문이 열려있었다.

나는 열린 그 문을 멍하니 바라보았다.

"나와."

남형만이 명령했다.

내가 꼼짝할 생각도 없이 그저 보기만 하자, 그가 나오라고 재촉했다. 그는 팬티 차림으로 서 있는 내게 옷을 던져주었다. 내가 입고 왔던 옷이다.

나는 옷을 챙겨 입고 밖으로 나왔다.

잠에 취한 듯 복도를 걸었다. 복도가 끝나는 곳에 출입문이 있었다.

남형만이 출입문을 가리켰다.

나는 나가지 않았다. 남형만이 움직이지 않는 나를 억지로 잡아끌었다.

끌려나온 나는 '미래통증의학과' 간판이 붙은 병원 건물 앞에 한동안 서 있었다.

나는 목적지도 없이 걸음을 옮겼다. 도중에 편의점에 들어가 생수 한 병을 샀다. 물을 벌컥벌컥 마시며 창밖을 내다보았다.

낯익은 사람이 지나간다.

서지은이었다. 그녀를 밖에서 본다는 게 이상했다. 그녀는 수술을 받고 있었는데. 나는 혹시나 싶어 그녀의 주변을 살폈다. 그녀를 미행하는 사람이 있는 건 아닌지, 걱정이 됐다.

아니면, 그녀도 나처럼 풀려난 것인가.

나는 그녀가 내 시야에서 벗어나기 전에 편의점을 나왔다. 앞서 걸어가고 있는 서지은의 뒷모습을 보며 따라갔다.

그녀는 나를 알아볼까.

나는 계속 주위를 두리번거렸다. 남형만이든 아니면 다른 그 누구든 미래파의 인간들이 어딘가에서 지켜보고 있을 거라는 두려움이 끼쳤다.

그녀가 도착한 곳은 어느 버스 정류소 앞이었다.

나는 가까이서 서지은을 지켜봤다.

그녀가 나를 향해 돌아섰다.

나는 순간 겁이 나 그녀의 시선을 피했다.

그녀가 내 코앞까지 바짝 다가왔다. 그녀는 분명 나를 보고 있었지만 나를 알아보는 그런 눈빛은 아니었다.

나는 그녀를 불러보았다.

그녀의 눈동자가 나를 향했다. 하지만 나를 알아보는 것 같지는 않았다.

"그냥, 모른 척해요."

나는 잘못 들었나 싶었다. 아니다. 분명 서지은이 내 곁을 지나쳐가며 내게 한 말이다.

나는 당황했다.

누군가 우리를 지켜보고 있다는 것인가.

그녀는 저만치 걸어가다 길을 꺾어 들어갔다.

나는 그녀가 사라진 쪽으로 뛰어갔다. 그녀가 사라진 지점에 도착했을 때, 그녀는 저 앞을 걸어가고 있었다.

나는 그녀를 향해 재빨리 걸음을 옮겼다.

택시 한 대가 그녀 쪽으로 다가왔다. 그녀가 손을 들었다. 그녀가 자기 앞에 선 택시에 올랐다. 그러면서 주변을 살폈다.

누군가 우리를 감시하고 있다.

나는 길가로 나와 지나가는 택시를 잡아탔다. 어디로 가냐고 묻는 기사의 말에, 나는 머뭇거렸다. 그저 쉬고 싶다는 생각이었지만 집 주소를 대지는 않았다. 가고 싶지 않았다. 아무도 없는 집에 가고 싶지 않았다.

딱히 생각나는 목적지가 없어 나는 결국 집 근처까지 갔다. 인근 시장에 있는 국밥집에 들러 순대국밥 한 그릇과 소주를 시켰다. 미적거리며 먹다가 국밥은 반 이상 남겼고, 소주는 한 병 다 비우고 나왔다.

내가 사는 고층 아파트가 있는 곳까지 걸어갔다. 공동 현관을 지나 엘리베이터에 올랐다. 나는 한층, 한층 올라갈 때마다 바뀌는 숫자를 바라보았다.

붉은 커튼

띵동

나는 결국 집으로 돌아왔다.

내 집인데 모든 것들이 낯설었다. 냉기가 흐르는 거실을 천천히 둘러봤다. 그리고 안방으로 향했다.

한때는 아내 나영이 있던 침대를 보았다.

안방을 나와 주방에 이르자, 나를 위해 커피를 끓이던 아내의 모습이 보이는 듯했다. 아내는 집 안 곳곳에서 뜻하지 않게 나타났다가 사라졌다를 반복했다. 아내의 흔적들이 여기저기서 꿈틀거렸다.

나는 안방에 들어가 침대에 누웠다. 아내의 냄새가 나는 것 같았다.

아내가 보고 싶어졌다.

나는 서재로 이용하고 있는 작은 방으로 들어갔다. 하지만 여기서도 자유롭지 않았다. 어디를 가더라도 아내에 대한 기억이 생생하게 따라붙었다.

집을 나왔다. 정처 없이 거리를 떠돌았다.

나는 미래통증의학과 병원으로 향했다.

병원 주차장엔 내가 세워둔 차가 그대로 있었다. 나는 운전석에 올랐다. 한참을 달렸다. 차에서 내리기 전 조수석 밑에 있는 물건을 봤다. 손잡이가 검은 과도. 나는 그 칼을 챙겼다.

나는 칼을 가슴에 품고 집으로 돌아왔다.

문득 떠오른 생각이 있었다. 미래파에서 분명 내 머리에 무슨 짓을 한 것이 틀림없다. 떠나지 않는 나영에 대한 생각과 연이어 드는 두려움.

도대체 내 머릿속에선 무슨 일이 벌어지고 있는 것인가.

나는 벨 소리에 잠에서 깼다. 휴대폰을 둔 곳으로 손을 뻗었다.

수연이다.

"미래파에서 내게 무슨 짓을 한 거 같아."

"무슨 말이죠?"

"내 머리에 무슨 짓을 한 거 같다고!"

수연의 전화는 뚝 끊겼다.

어느새 창으로 햇살이 스며들고 있었다.

나는 꿈틀거리며 일어나 전기 포트에 물을 받았다. 전원을 넣자 포트에선 금방 뜨거운 김이 피어올랐다.

나는 일회용 믹스 커피를 뜯어 잔에 넣고 물을 부었다. 커피잔을 들고 소파에 가 앉았다. 꺼져있는 TV를 멍하니 바라보았다.

띵동!

초인종이 울렸다.

올 사람이 없는데. 그것도 이렇게 이른 시간에.

나는 그런 생각을 하며 현관을 보고 있었다.

띵동!

초인종이 다시 울렸다.

나는 마지못해 일어섰다. 대충 윗옷을 걸치고 현관으로 향했다. 그리고 문을 열었다.

수연이다.

그녀의 질문은 뜬금없었다.

"괴로워?"

"그래."

그렇게 말하며 나는 길을 내주듯 문에서 비켜섰다.

후배 수연이 안으로 들어왔다. 아무 말도 없이 소파에 앉왔다.

수연의 몸에서 진한 향기가 풍겼다. 나영이와 같은 향수였다.

"아내와 똑같은 향수를 썼네."

수연이 고개를 끄덕였다.

"줄곧 썼는데, 선배가 몰랐던 거지. 최근에서야 나영 언니가 썼던 향수를 알게 된 거 아니냐고?"

"무슨 말이야?"

"언니에 대한 기억이 조금씩 떠오르지 않아?"

나는 집중하려 애썼다.

"집에 오니까, 더 그런 것 같지 않아?"

"그렇긴 해. 아내에 대한 그리움이랄까. 견딜 수가 없어, 솔직히. 근데 여긴 어떻게 온 거야?"

"연락했잖아. 그것보다 괴롭지 않아?"

"가끔씩 미쳐버릴 것 같아."

나는 내 머리를 손바닥으로 세게 쳐댔다.

"미래파 그 놈들이 내 머리에 무슨 짓을 한 거 같은데, 모르겠어."

"기억 안 나?"

"뭐가?"

"언니에 대해서."

나는 고개를 저었다.

"그냥 나영이 이미지만 여기저기서 나타나."

"내가 얘기해줄게. 그럼 떠오를 거야. 천천히. 아주 천천히."

나는 무슨 말이든 빨리 하라고 소리쳤다.

"언니는 지호를 잃고 괴로워했어. 지호 죽음에 의심을 품고 있던 언니는 뜻밖의 사실을 알게 됐어. 외갓집에 갔던 지호를 미래파에서 납치하려 했고, 그게 실패해 지호가 죽었단 걸 얘기해 준 사람이 있었거든."

"그게 누구야?"

"유상호. 유상호가 지호를 납치하려다 놓쳤고, 그 와중에 지호가 차에……. 그 일로 그 사람은 괴로워했고 미래파에서 이탈하려 했어. 그러다 미래파에서 투여한 환각제에 중독됐고, 그 사람이 어떻게 됐는지는 말 안 해도 알지?"

"그때 운전한 사람은 누구야?"

"박천정."

"뭐?"

"박천정은 의도적으로 지호를 쳤어. 지호가 자기 얼굴을 봤으니까."

나는 온몸이 부들부들 떨렸다.

"언니는 주희가 사라진 걸 알았어. 주희 아빠가 언니한테 박천정 얘길 한 거야. 언니는 박천정을 만나 주희 행방을 캐기 시작했어. 그러다 미래파의 뇌 프로젝트를 알게 됐어. 주희가 미래파에 납치를 당하던 중에 죽었다는 것도. 지호와 비슷한 일을 당한 거지. 근데 박천정이 눈치를 챈 거야. 지호의 죽음에 대해 언니가 알고 있단 걸."

"박천정이 나영이를 죽인 거네."

"맞아. 한편으론."

"무슨 말이야?"

"박천정은 자기 손에 피를 묻히지 않았어."

"그럼?"

"다른 사람을 통해서 해결했어."

"그랬겠지. 김병기 아내를 이용한 것처럼."

수연이 나를 보았다.

"왜?"

"선배, 기억 안 나?"

"무슨 말이야?"

"그 사람이 선배잖아."

"무슨 말이야?"

붉은 커튼

"선배라고."

나는 황당한 얼굴을 하고 나 자신을 가리켰다.

"너도 머리가 어떻게 된 거 아냐? 미래파에서 그렇게 만든 거네. 나만 그런 게 아니었네."

수연이 딱하다는 눈빛으로 나를 바라보았다.

"정말 기억 안 나?"

나는 수연의 갈색 눈동자를 바라보았다. 아내 나영의 눈동자 색깔 역시 갈색이었다는 것을 떠올렸다.

"박천정은 선배를 이용하기로 했어. 선배는 지호를 잊지 못해 괴로워하는 언니 때문에 갈등이 컸어. 미래파가 운영하는 병원에서 언니가 가상현실로 지호를 만난다는 걸 알고 선배는 거길 못 가게 했어. 그 일로 언니와 다투는 날이 많았어. 어느 날인가, 선배는 술에 취해 집으로 가다 납치를 당했고 신은호의 병원으로 끌려간 거야.

박천정은 선배한테 수술을 시행했어. 박천정과 다정스레 웃고 있는 언니의 사진. 박천정과 더없이 편안하게 있는 언니의 모습. 단둘이서 다정하게 얘기하는 모습까지. 박천정은 자신과 언니 사이가 예사 관계가 아니라는 인공 기억을 선배한테 주입한 거야. 시술 중에는 언니의 향수가 잔뜩 묻은 손수건이 선배의 얼굴을 덮고 있었어. 언니의 향수 냄새만 맡으면 바로 박천정의 모습이 떠오르게끔.

옵토제네틱스라고 들어봤어? 해마 부위 뉴런을 활성화시켜서 기억을 조작해. 그 기술로 선배한테 인공 기억을 주입한 거야. 쉽게 말하면 가짜 기억과 진짜 기억을 구별할 수 없게 만든 거야. 우리는 기억 조작에 의외로 취약해.

기억이라는 게 원래 불완전하니까. 선배는 심리적으로도 취약했어. 선배는 지호 일로 언니와 갈등을 일으키고 있었고 모든 책임을 언니한테 돌리려 했지. 물론 언니를 증오했을 테고. 박천정은 선배의 그 감정에 불을 붙였어. 그날도 선배는 박천정과 함께 있는 언니의 모습을 환상 속에서 봤을 거야. 그날 밤, 선배는 언니와 심하게 다퉜어."

나는 뒤통수를 호되게 얻어맞은 듯했다.

다 그 새끼 때문이라고. 그 모든 게 핑계라고. 나영이 그 병원에 간 건 지호 때문이 아니라 다 그 새끼 박천정 때문이라고. 내가 그 말을 했을 때, 나영의 눈빛이 흔들렸다.

"내가 모를 줄 알았어? 박천정 그 개새끼랑 그렇고 그렇다는 거. 그 새끼는 위로를 잘 해 주던가. 내가 못해 주던 위로를 그 새끼는 잘 해줬던 모양이지?"

"완전히 미쳤네."

"아니라고?"

"아니야, 절대로."

"지호를 그렇게 이용하면 안 되지. 지호가 불쌍하지도 않아?"

"당신이 상상하는 그런 일은 절대로 없었어. 우리 지호가 나한테 얼마나 소중한데. 당신도 알잖아?"

"알긴 뭘 알아!"

"미쳤어! 내가 얼마나 지호를……."

"지호 핑계 대지 말라니까!"

나는 아내의 목을 조르고 있었다. 아내의 목이 뒤로 젖혀졌다. 그녀가 팔을 허우적댔다. 나는 더욱 강하게 아내의 목을 졸랐다. 살려달라는 아내의 애원을 철저히 묵살했다.

날 기만한 아내를 참아낼 수 없었다. 나를 속이고 다른 놈과 붙어먹은 나영을 향한 내 분노가 들끓었다. 잘해주지 못해 죄책감을 가지고 있었는데. 내게 이런 식으로 뒤통수를 쳤단 말이지.

순간, 고통이 엄습해왔다. 내 팔에서 피가 죽 흘러내렸다. 필사적인 저항을 하던 나영이 접시에 있던 과도를 내게 휘두른 것이다.

나는 칼을 든 나영의 손을 무릎으로 꽉 눌렀다. 그리고 나영의 목을 졸랐다. 정신을 차렸을 때, 나영은 침대 끄트머리에 쓰러져 있었다. 검은 손잡이의 과도가 나영의 손에 놓여 있었다. 내 뒷덜미로 소름이 올라왔다. 다리에 힘이 탁 풀렸다.

그제야 내가 무슨 짓을 저질렀는지 깨달았다.

모든 것이 한순간이었다.

절망에 사로잡혀 그날 밤, 아내의 곁에서 꼼짝도 하지 않았다. 아내가 깨어날까 하는 기대를 품었다.

창문으로 햇살이 스며드는 아침이 되었음에도 아내는 그대로였다. 간밤에 내가 저지른 일이 햇살 앞에 훤히 드러났다.

두려웠다. 나는 이러지도 저러지도 못하고 있었다.

떵동.

올 사람은 없었다.

떵동.

초인종 소리가 살아있는 목소리처럼 마구 나를 압박했다.

나는 귀를 틀어막고 현관문을 노려봤다. 초인종 소리는 지옥 끝까지 나를 따라올 것처럼 울려댔다. 나는 결국 문을 열었다.

웬 남자가 현관 앞에 서 있었다. 박천정이었다.

그는 내게 괴롭냐고 물었다. 그리곤 현관 안으로 들어왔다. 그는 거실을 지나 안방으로 들어갔다.

나는 거실에서 덜덜 떨고만 있었다. 침대에 있는 아내를 분명 보았을 것이다. 방에서 나온 박천정은 안타깝다는 듯이 말했다.

"이런, 팔을 다쳤군요. 치료를 해야겠네요."

내 팔엔 칼에 찔린 상처 자국이 길게 나 있었다.

"일단 상처를 소독해야 할 것 같은데."

욕실로 다가간 그가 스위치를 올렸다.

욕실이 환하게 밝아졌다.

아무런 반응을 보이지 않는 내게 그가 물었다.

"괴로우십니까?"

"당신 때문에 나영이를……."

박천정은 고개를 천천히 저었다.

"아닙니다. 나와 나영 씨는 아무 관계도 아닙니다. 그건 오해입니다."

"하지만 분명히 봤어. 당신하고 나영이가……."

"아닙니다. 이 모든 건 당신의 의심이 만들어 낸 겁니다."

"거짓말!"

나는 박천정의 멱살을 잡고 거칠게 흔들었다.

박천정은 그 어떤 저항도 하지 않았다.

"아내 분은 절대로 그럴 사람이 아닙니다. 오로지 아들 지호만 생각했어요. 매일 지호를 생각하면서 힘들어했고 기도했습니다. 부인께 죄가 있다면 아들을 잊지 못한, 마음에서 아들을 보내지 못한 죄가 있었을 뿐입니다."

그의 말에 나는 마음이 무너져 내렸다.

박천정에 매달린 채 주저앉았다.

"저 역시 이런 오해를 사게 했으니, 마음이 편치는 않네요. 그래서 말인데, 제가 제안을 하나 해도 되겠습니까?"

나는 간절한 눈빛으로 박천정을 쳐다봤다.

"아내를 죽인 기억을 지우는 겁니다."

"뭐?"

"미래파에선 인간의 뇌를 연구하고 있습니다. 뇌의 본질은 기억이고요. 우리는 지금 기억을 지우는 연구를 진행하고 있습니다."

나는 혼란스러웠다. 그의 말은 다 끝나지 않았다.

"우리는 다양한 실험을 진행하고 있어요. 그 실험에 응해 보시죠."

망설이는 내게 박천정이 속삭였다.

"밑져야 본전 아니겠습니까?"

붉은 커튼

"하지만……."

"평안을 얻게 될 겁니다."

박천정은 소리 없는 웃음을 짓고 있었다.

과거의 기억들이 하나씩 나의 뇌리를 스쳐가고 있었다.

수연은 내 앞에 지난 일들을 쏟아놓고 있었다. 난 제대로 듣지 못했다. 그녀의 목소리가 멀게만 느껴졌다. 향수 냄새가 진하게 난다.

"선배가 언니를 죽인 일로 괴로워하다 허튼 짓이라도 할까봐, 박천정은 걱정이 든 거야. 경찰에 자수라도 하면 곤란하니까. 그래서 선배한테 제안을 한 거야. 언니를 살해한 기억을 머릿속에서 지워주겠다고. 과거의 기억을 떠올릴 때 뇌는 잠시 불안정해져. 선배는 프로프라놀롤이라고 기억 형성을 억제하는 약물을 투여 받았어. 결과는 끔찍했지. 발작이 심했으니까. 그런데 발작이 잦아들면서 놀랍게도 선배는 언니를 죽였다는 기억을 떠올리지 못했어. 그뿐만 아니라 언니의 죽음과 관련된 박천정까지 선배의 머리에서 사라졌어. 수술이 성공한 것처럼 보였어. 우린 기뻤어. 하지만 의심이 들기도 했지. 그래서 언니를 연상시키는 사물들을 선배한테 보여줬어. 언니를 찌른 칼, 피 묻은 언니의 옷가지들, 반지. 우린 선배를 죽 지켜봐야 했어. 남형만이 창고에서 선배를 구해준 것도 그 때문이야. 어쨌든, 선배는 언니를 죽인 사실을 기억하지 못했어."

수연이 무슨 말을 하는지 모르겠다. 나는 수연의 진한 향수에 생각이 마비된 듯했다.

수연이 그런 나를 쳐다보며 한숨을 내쉬었다. 나는 제대로 듣지도 않았으면서 물었다.

"나한테 왜 얘기해 주는 건데?"

"곧 기억을 회복할지도 모르니까. 그러면, 어차피 나한테 연락할 테니까."

나는 정신을 차리듯 수연을 똑바로 바라봤다.

"네 머리도 이상해진 거야. 미래파에서 너한테 거짓 기억을 주입한 거지."

"선배가 제일 잘 알 거 아냐? 안 그래?"

나는 아무 말도 하지 않았다.

"하지만 아직 기회는 있어. 평안을 얻을 기회는."

수연의 말에 나는 고개를 떨궜다.

수연은 잘 생각해 보라며 자리에서 일어섰다.

"가려고?"

나는 막아서듯 다가섰다.

메시지가 온다

그날, 박천정은 거실 창가에서 나를 보고 있었지. 나를 기만해 아내를 죽이게 만든 놈. 그가 조롱하듯 나를 바라보고 있었다. 화가 치밀어 올랐다. 박천정의 집에 다시 갔다. 조수석에 뒀던 칼을 들고서. 나영이 내 팔에 상처를 낸 바로 그 과도였다.

나는 아내의 행방을 두고 그와 말다툼을 벌였다. 곧 몸싸움으로 번졌다. 칼로 그의 배를 찔렀다. 셔츠로 피가 묻어 나왔지만 박천정은 쓰러지지 않았다. 칼로 단번에 사람을 죽인다는 건 생각처럼 쉬운 일이 아니었다. 상대가 마네킹처럼 가만히 있지 않은 이상은.

나는 사람을 찔렀다는 생각에 덜컥 겁이 났다. 창문을 스치는 그림자에 돌아봤다. 바로 그때, 박천정에게 반격을 당했다. 뭉툭한 뭔가가 내 얼굴로 날아들었다. 나는 그 자리에 쓰러지고 말았다.

정신을 차리고 박천정의 방으로 들어갔다. 박천정은 목에 칼이 찔려 이미 죽어 있었다. 피투성이가 된 그의 몸뚱이가 죽었단 걸 말해주고 있었다. 내가 가져온 칼은 시체 옆에 있었다. 칼을 놓고 간 걸 보면 우발적으로 벌어진 살인일 수 있다. 범인이 허겁지겁 달아났다는 의미에서. 그게 아니라면, 내가 정신을 잃은 사이에 살인을 저지른 범인이 내게 뒤집어씌울 작정이었는지도 모르겠다.

나는 칼을 챙겨 차로 돌아왔다. 운전석에 앉고서야 짐작이 갔다. 누가 박천정을 죽였는지. 김병기는 내가 조수석 밑에 칼을 숨기는 걸 모두 봤다. 내가 박천정의 공격을 받고 쓰러져 있을 때, 집으로 들어온 김병기가 범행을 저질렀다.

어쨌든 김병기와 나는 공범이다.

"기억이 다 났으면서 어쩌면 그렇게 모른 척 할 수 있었지?"

수연이 내게 물었다.

"아내가 어떻게 됐는지, 알고 싶었으니까."

무슨 말이냐는 듯 수연이 나를 바라봤다.

"박천정이 나영이를 데려갔잖아. 어쩌면 나영이가 깨어난 게 아닐까, 하는 생각이 들었어. 나도 미래파를 믿었다고 나 할까. 영생 어쩌구 그랬으니까. 딸의 죽음을 부인한 김병기와 비슷한 심리 상태에 빠진 거겠지. 하지만 난 김병기가 아니야. 미래파의 실험은 실패야. 갈산에 오고 얼마 지나지 않아 조금씩 기억이 회복되기 시작했어. 내가 나영이를 죽인 것도 생각났어. 그래서 찾아다녔어. 살아 있는 나영이 아니라 그 시체를……."

나는 그때로 돌아가 있는 듯 말을 이어갔다.

"박천정이 나를 보고 있는데, 내가 꼭 놈의 꼭두각시가 된 기분이었어. 참을 수가 없었지. 놈의 집에 쫓아가 윽박질렀지. 나영이가 어디 있냐고. 나영의 시체가 어디 있냐고.

날 보고 놈이 피식 웃더군. 그랬는데, 그가 죽어버렸네. 나영의 시체를 찾는 건 힘들어졌지. 우여곡절 끝에 찾긴 찾았는데, 미래파에서 나영의 뇌에 이상한 짓을 해놨더군. 그걸 내 아내라고 박박 우기지 뭐야."

"선배가 본 그거, 언니가 맞아. 실험은 성과를 이뤘고, 선배는 기억을 잃었잖아."

나는 거기에 굳이 대꾸하지 않았다. 전부터 수연에게 물어보고 싶은 게 있었다. 나는 수연의 눈을 응시하고 물었다.

"네가 나영이를 미래파에 데려간 거 맞지? 박천정한테 나영이를 소개해 준 것도 너고?"

"난 단지, 언니를 도와주고 싶었을 뿐이야. 나하고 선배하고 사귄다는 소문이 났을 때, 언니가 날 찾아왔어. 그게 다 오해란 걸 알게 됐지. 언니가 외로워하는 것 같아서 도와주고 싶은 마음에 미래파에 관한 얘기를 좀 했을 뿐이야. 정말이야. 진짜 언니를 도와주고 싶었다니까."

"네가 모든 아이디어를 낸 거 아냐?"

"그게 무슨 말이야?"

"내 기억을 지우라고."

"내가 왜? 그건 선배 망상일 뿐이야."

나는 수연의 앞으로 성큼 다가갔다. 수연의 팔을 비틀듯 붙잡았다. 벗어나려는 그녀를 소파로 밀쳤다. 뒤로 넘어진 그녀의 몸에 올라탔다. 반항하는 수연의 목을 억세게 짓눌렀다.

수연이 바닥에 있던 과도로 나를 공격했다. 팔을 베였다. 팔을 타고 피가 죽 흘렀다.

어금니를 악문 나는 수연의 칼을 빼앗았다. 그녀의 복부에 찔러 넣었다. 비명이 그녀의 입에서 고통스럽게 터져 나왔다.

그뿐이었다. 수연은 그대로 축 늘어졌다. 그녀의 눈꺼풀이 바들바들 떨리고 있었다. 눈물은 그 다음이었다. 눈꼬리 밑으로 눈물이 주룩 흘러내렸다.

나는 몸이 노곤했다. 아내가 복용하던 수면제가 생각났

붉은 커튼

다. 약을 먹고 나면 더 푹 잘 수 있지 않을까. 나는 아내의 수면제를 먹고 침대로 가 누웠다.

잠이 오지 않는다.

거실로 나왔다.

아내는 가족사진 안에 있었다. 지호와 함께 바다 앞에서 손을 꼭 잡고 해맑은 얼굴로. 그들 뒤에서 미소 짓고 있는 나를 봤다. 무척이나 낯설었다.

"지호는 살아있었어. 우린 너무 빨리 지호를 보낸 거야."

나영이 말했다.

"당신 말이 맞아."

나는 긍정했다.

"불타고 있어."

지호가 속삭이듯 말했다.

엄마 나영의 꿈에 나타난 지호는 아빠인 내 꿈에도 나타났다. 엄마를 아빠가 죽였다는 비난을 하기 위해서.

나영을 죽였다는 괴로움은 견디기 힘들었다. 부인하고 싶었지만 그것은 불가능했다.

나는 텅 빈 시골 도로에서 살려달라고 애원하는 지호의 목소리를 들었다. 두려웠다. 그래서 수연에게 전화를 걸었다.

내가 지호를 죽였다는 수연의 말은 나를 괴롭혔다. 나영을 죽였다는 사실을 까마득히 잊을 만큼.

나는 지호의 죽음을 파헤쳤다. 아빠로서 당연히 해야 할 일이었지만 그것 말고도 다른 이유가 있었다. 나는 뭔가에 집중해야 했다. 나영을 죽인 현실을 망각하기 위해서.

나는 지호의 방으로 들어왔다. 불타고 있다는 지호의 목소리가 멀고도 가깝게 아련히 들려왔다. 지호의 목소리는 곧 나영의 목소리로 바뀌어 살려달라며 부르짖고 있었다.

나는 하얀 커튼을 걷고 창문을 열었다.

방으로 햇살이 들어왔다. 햇살은 곧 불길이 되어 내 앞에서 활활 타올랐다. 커튼도 붉게 타올랐다.

나영이 지호의 손을 꼭 잡고 있었다.

"아빠."

지호가 나를 불렀다.

그들은 멀어졌다. 나는 손을 뻗었다. 잡히지 않았다. 나는 더 멀리 팔을 뻗었다. 내 몸이 점점 더 그들 가까이에 닿을 듯 했다.

"살려줘."

나영의 간절한 목소리가 나를 끌어당기고 있었다.

나는 창문을 넘어 싸늘한 불길 속으로 뛰어들었다.